KB265731

아들에게
배웁니다

아들에게 배웁니다

초판 1쇄 인쇄 2011년 6월 20일
초판 1쇄 발행 2011년 6월 27일

지은이 김정빈
펴낸이 김선식

Story Creator 이선아
Marketing Creator 김하늘

3rd Creative Story Dept. 이선아, 박은정, 정지영, 홍다휘, 박고운
Creative Marketing Dept. 모계영, 이주화, 김하늘, 정태준, 신문수
　　　　　Communication Team 서선행, 박혜원, 김선준, 전아름
　　　　　Contents Rights Team 이정순, 김미영
Creative Design Dept. 최부돈, 황정민, 박효영, 김태수, 손은숙, 이명애
Creative Management Team 김성자, 김미현, 김유미, 정연주, 서여주, 권송이
Outsuorcing 편집진행 손효진, 디자인 이인희

펴낸곳 (주)다산북스
주소 서울시 마포구 서교동 395-27
전화 02-702-1724(기획편집) 02-703-1725(마케팅) 02-704-1724(경영지원)
팩스 02-703-2219 **이메일** dasanbooks@hanmail.net
홈페이지 www.dasanbooks.com
출판등록 2005년 12월 23일 제313-2005-00277호

필름 출력 스크린그래픽센타 **종이** 신승지류유통(주) **인쇄·제본** (주)현문

ISBN **978-89-6370-565-1**　03810

아들에게 배웁니다

김정빈 지음

아들과 함께 떠난 10일간의 철학 여행

다섯 에듀

이 책에는 이런 내용이 실려 있습니다

바람직한 인생을 살기 위해서는 몸과 마음의 조화, 이성과 감성의 조화, 능력 키우기와 욕심 줄이기의 조화, 나 자신과 남들 간의 조화를 이루어야 합니다.

이 책은 이 네 가지 조화를 중심으로 가상의 아버지와 아들이 대화와 토론을 진행하는 방식으로 구성되어 있는데, 각 장의 중심 내용은 다음과 같습니다.

제1장 ■ 전국지도를 보지 않은 채로 지방지도를 볼 경우 혼란이 일어나게 마련이다. 그런 사람은 "침몰하는 타이타닉호의 갑판 위에서

의자를 고치는" 우를 범할 수 있는 것이다.

인생에 대해서도 그렇다. 인생을 큰 틀에서 먼저 정리해두는 것, 그 총론에 입각하여 각론을 적절하게 배치하는 것은 안갯속처럼 까마득한 인생이라는 큰 주제를 다루는데 있어서도 가장 먼저 해야 할 일이다.

제2장 ■ 인생에서 나를 대신해줄 사람은 없다. 어머니와 아버지조차도 나를 대신해서 아파줄 수 없고, 고민을 대신해줄 수 없는 것이다. 그런 의미에서 인생은 철저하게 나 자신의 것이다.

인생이 나 자신의 것이라는 말은 한편으로는 나에게 온전한 자유가 있음을 의미하고, 다른 한편으로는 그 자유를 누리는 대신 내 삶을 전적으로 내가 책임져야만 한다는 것을 의미한다.

제3장 ■ 세계로부터 분리되어 홀로 존재하는 나를 '개별자'라고 할 때, 개별자에게 요구되는 가장 먼저 요구되는 것은 '자립'이다. 이 점에서 성인은 자립한 사람을, 미성년자는 아직 자립하지 못한 사람을 의미한다.

따라서 자녀는 자립을 목표로 양육되어야 한다. 건강, 학교 공부, 인성 발달 등은 모두 자립을 위한 수단이요 과정인 것이다.

제4장 ■ 아들의 내적 성장을 위해 어머니가 띄우는 격려의 편지.

제5장 ■ 자립의 진정한 의미는 행복이다. 그러나 행복이라는 제1목표는 자주 잊히는 경향이 있다. 이는 행복을 달성하기 위해 설정된 제1수단이 시간이 지나는 동안 제2목표로 간주되는 현상이 벌어지기 때문이다. 이런 하향(下向)이 여러 차례 반복된 결과 인생의 길을 잃고 헤매는 사례는 매우 많다.

행복하기 위해 의사가 되려는 사람이 있다고 치자. 그는 의사가 되기 위해 의과대학에 가고자 할 것이다. 다시, 의과대학에 가기 위해 고등학교 3년에 걸쳐 좋은 내신성적을 얻으려 할 것이다. 그리고 다시, 좋은 내신성적을 받기 위해 이번 중간고사에 집착할 것이다.

그때 그의 집착은 과연 행복이라는 제1목표를 잘 돕고 있는 것일까, 아니면 그것을 배반하고 있는 것일까?

제6장 ■ 삶은 '컵'과 '물'의 관계로 되어 있다. 무언가를 바라는 마음(컵)을 우물(경쟁사회)에서 퍼온 물(돈, 명예, 권력)로써 채우는 것이 곧 삶인 것이다.

그렇지만 물을 퍼오는 능력은 한정되어 있는데 비해 무언가를 바라는 마음은 자꾸만 늘어나기 때문에 만족에 도달하기가 매우 어려운 현상이 발생된다. 월세에 사는 사람은 전세를, 전세에 사는 사람은 내 집을, 내 집을 가진 사람은 더 큰 집을, 더 큰 집을 가진 사람은 별장을 원하게 되어, 만족이 오늘이 아닌 내일의 어느 날에만 기대되는 형식의 삶이 곧 보통 사람의 삶이다.

행복은 물을 퍼오는 것, 즉 능력 키우기를 통한 소유의 증대만을 통해 얻어지지 않는다. 그것과 함께 컵을 줄이는 것, 즉 욕심을 줄여 희구를 적절한 선에서 조절하는 소욕지족(少慾知足)의 마음이 필요한 것이다.

제7장 ■ 인류의 문명사는 '나'의 발견을 향해 진보해왔다. 즉, 고대의 인간은 자기 자신을 세계, 또는 사회의 일부로 보았지만 현대의 인간은 자기 자신이 주체적으로 세계, 또는 사회에 참여한다는 의식을 갖고 있다.

이같은 '나'의 발견은 현대인을 이기적인 존재로 만든 부분이 있다. 그러나 이것은 일단 당연한 것이다. 즉, 인간이 자신의 생존과 안전을 먼저 챙기는 것은 자연스러운 생물학적인 현상으로, 윤리가 출발하기 이전의 문제라고 해야 한다.

그러나 인간은 나의 욕구를 희생하여 남의 욕구를 돕는 데 이를 수 있다. 인간은 이기적인 존재라는 제1차적 조건을 넘어설 수도 있는 존재이며, 그 윤리적인 마음과 행동에 의해 인간은 여타의 모든 동물과 구별되는 고귀한 존재가 되는 것이다.

제8장 ■ 나와 세계 간의 주고받음이 인생이라고 할 때 나를 둘러싸고 있는 세계로서의 모든 타자는 '1. 애정 그룹, 2. 우호 그룹, 3. 중간 그룹, 4. 경쟁 그룹, 5. 적대 그룹'으로 나뉜다.

우리는 1, 2그룹과 연대하여 4, 5그룹 쪽으로 나아간다. 4, 5그룹이란 곧 경쟁이 벌어지는 사회이고, 거기에서 나는 스트레스를 받는데, 그 스트레스는 1, 2그룹, 특히 나의 가족이 있는 1그룹으로 돌아와 해소된다.

제9장 ■ 남의 행복과 고통에 공감하는 감정이입의 능력을 통해 우리는 이타성을 기를 수 있다. 이타성은 때로 자기 자신을 희생하여 남을 구제하는 데 이르기도 한다. 이기성을 줄여 이타성을 늘여나가는 것, 즉 인(仁), 자비(慈悲), 아가페(agape)적 사랑을 구현하는 것은 인생의 원대한 영적(靈的) 목표이다.

제10장 ■ 본 멘토링을 종합한 것으로서의 아버지의 에세이.

아들에게 배웁니다

"이건 뭐예요?", "이건 왜 그래요?"라고 묻는 어린아이의 호기심 어린 눈동자에는 벽돌 몇 장을 거대한 건축물로 바라보는 경탄의 마음이 실려 있습니다. 초롱초롱한 그 눈동자를 바라보며 아버지는 아들에게 행복한 마음으로 자신이 본 것과 아는 것을 말해줍니다.

이렇게 아버지는 아들을 가르칩니다.

그러나 가난한 가장의 용돈처럼 가벼이 새어나가는 시간은 어느 사이 아버지를 중년으로, 아들을 소년으로 밀어냅니다. 그리고 그때 아버지는 깨닫습니다. 지금 아들에게 필요한 것은 논리적인 가르침이 아니라 정서적인 교감이라는 것을.

필요한 것은 자기를 낮추는 일입니다. 아버지는 무릎을 접고 아들의 눈을 가만히 바라보며 두려움에 떨고 있는 아들에게 말합니다. "아들아, 넘어지는 것은 너만이 아니란다. 다치지 않고 배우는 길은 없단다. 나를 보렴. 자주 넘어짐으로써 남은 내 무릎의 상처를, 수없이 다침으로써 생긴 내 눈가의 슬픔을……."

이렇게 아버지는 아들과 대화를 나눕니다.

다시 세월이 흘러 큰아들은 스물여섯, 작은아들은 스물두 살이 되었습니다. 어른이 되어버린 아들들……. 우리의 옛 선비들은 다 자란 아들의 이름을 함부로 부르지 않았습니다. 아들의 나이가 약관(弱冠, 20살)이 되면 어른으로서의 이름인 자(字)를 지어준 다음 점잖게 그 이름을 불렀던 것이지요.

저는 아들들에게 현덕(玄德, 《삼국지》의 주인공인 촉한(蜀漢) 소열제(昭烈帝) 유비(劉備)의 자)이라든가 근보(謹甫, 사육신의 한 분인 성삼문(成三問) 선생의 자)라는 등의 자를 지어주지는 않았습니다. 그렇지만 제가 두 아들을 진실한 친구만큼이나 어렵게 느끼는 것은 사실입니다. 좋은 친구가 그런 것처럼 나의 두 아들 또한 나를 부끄러이 비추어주는 무서운 거울이기 때문입니다.

언젠가 큰아들이 저에게 말한 적이 있습니다. "죽음은 두렵지 않아요. 단지 시시하게 살까 봐 그게 두려울 뿐이에요." 이 말은 저를 감동케 하였지만 다른 한편으로는 뜨끔하게 하였습니다. 저는 아들의 이 말을 제가 아들에게 자주 멘토링해주었던 '위대한 인물들의 위대한 정신'이라는 주제(主題, theme)의 변주(變奏)로 들었던 것입니다.

공자와 석가모니, 예수와 소크라테스.

인류사를 돌아보면 숭고하고 위대한 인물은 많습니다. 백의종군이라는 억울한 상황에서 감연히 일어나 불평 한마디 없이 폐허로 바뀐 현실을 찬란한 승리로 일궈낸 충무공 이순신 장군. 절대권력의 자리에 32년간이나 있었으면서도 자신과 사물을 있는 그대로 투시하는 눈을 잃지 않았고, 더하여 백성을 향한 끝없는 연민의 정을 일으켰던 세종대왕…….

그렇지만 저는 그 분들을 다만 존경할 뿐으로 본받지는 못했습니다. 그러면서도 부끄러움을 무릅쓰고 아들들에게는 그런 위대한 분들의 위대한 정신을 조금이라도 본받기를 바라온 것인데, 세월이 흘러 다 자란 아들에게서 제 교육의 성과가 작으나마의 실마리로 나타나는 것을 보게 되자 저는 도리어 깜짝 놀라고 말았던 것입니다.

나를 뜨끔하게 놀라게 하는 아들들……. 그렇습니다. 이제 나의 두 아들은 아들인 한편으로 친구입니다. 아니, 그들은 친구를 넘어 나의 멘토, 어쩌면 아들이라는 '손아래 교사'이기에 도리어 그 가르침에서 도저히 눈을 돌릴 수 없는 세상에서 가장 두려운 스승인지도 모릅니다.

이렇게 오늘 아버지는 아들에게서 배웁니다.

2011년 6월 김정빈

아빠, 대답해주세요

영화《길》과《25시》로 널리 알려진 앤서니 퀸은 우직하고 강인한 캐릭터를 주로 연기했던 명배우이다. 영화에서의 이미지에 걸맞게 실제로도 그는 매우 정력적인 사람이었다. 나이 칠십이 넘어 자녀를 가짐으로써 화제가 되기도 하고, 아마추어 화가로서 여러 차례 전시회를 열기도 했다.

그는 가수가 된 적도 있다. 그가 1981년에 찰리라는 소년과 함께 부른 노래 〈삶 자체가 너에게 가르쳐 줄 거야(Life itself will let you know)〉는 그해 내내 라디오를 틀면 그 노래가 나올 정도의 히트를 기록했다.

찰리　　아빠, 꿈이란 마음속에 간직하라고 있는 건가요, 아니면 실제로

실현될 수도 있나요? 그리고 어른들도 꿈을 간직하고 있나요?

아빠 아들아, 네 인생은 이제 막 시작이란다.

꿈이 너를 어디로 인도하든 끝까지 그것을 좇아가거라.

그러다 보면 인생이 스스로 너에게 해답을 줄 거야.

노래는 이처럼 아들과 아버지의 대화 형식으로 진행되고, 마지막에 아버지가 자신의 사랑을 전하는 것으로써 끝난다.

사실 이 노래의 멜로디는 매우 단순하다. 그런데도 이 노래가 널리 사랑을 받은 것은 무엇 때문일까. 필자는 그것이 노래에 담긴 아들의 순진한 궁금증과 그 궁금증을 사랑과 지혜로 껴안아주는 아버지의 진정성에 많은 이들이 공감했기 때문이라고 생각한다.

그리고 지금 여기에서, 우리가 바로 찰리이고 찰리의 아버지이다. 그중 찰리로부터 시작해보자.

찰리에게는 부푼 꿈이 있는데, 그 꿈을 실현해야 하는 세상은 안개 속에 파묻혀 있다. 그래서 찰리는 꿈을 이루려면 어떻게 해야 하는지, 저 안갯속 세상은 어떤 것인지를 묻게 된다.

그렇다면 누구에게 그것을 물을까. 당연하게도 찰리에게 맨 먼저 떠오르는 것은 아버지(어머니)이다. 아버지는 세상에서 나를 가장 사랑하는 사람이고, 또한 세상 모든 것을 다 아는 사람이기 때문이다.

그래서 찰리는 아버지에게 묻는다.

"아빠, 인생이란 무엇인가요?"

"아빠, 꿈을 이루려면 어떻게 해야 하나요?"

그렇지만 과연 이런 질문에 대답할 준비가 잘 되어 있는 아버지가 있을까?

아들의 눈으로 볼 때 아버지는 세상 모든 것을 다 아는 사람이다. 그러나 문제가 있다. 어른인 아버지에게 있어서도 인생은 안갯속인 것이다.

사정은 꿈 또한 마찬가지이다. 노래에서 찰리는 "어른들도 꿈을 간직하고 있나요?"라고 묻고 있지만 어른들에게 꿈 같은 건 오래전에 소멸해버리고 만 경우가 많다.

그러니 인생이 아직도 안갯속인 자신을 돌아볼 때, 소년 시절의 아름답던 꿈이 꺾여버린 현재를 생각할 때, 아버지가 어떻게 아들에게 인생과 꿈에 대해 말해줄 수 있을까.

물론 아들이 유치원생이거나 초등학생인 시절에는 그럭저럭 대답해줄 수 있다. 그렇지만 아이가 성장할수록 아버지의 말수는 줄어든다. 그러다가 아이가 중고등학생이 되면 아버지의 입은 거의 닫히고 만다. 그러니 대학생이 되고 어른이 된 다음에야 말해 무엇하겠는가.

중고등학생이 되면 아이는 어른이 되기 직전의 마지막 성장통을 앓게 된다. 이른바 사춘기를 겪는 것이다. 바꿔 말하여 중고등학생이 되면 아이는 절반의 어른이 된다. 어른이 세상과 실제로 맞부딪치는 사람이라는 점을 생각해볼 때, 이 시기가 되면 아이는 세상의 실제와 직면하게 된다고 말할 수 있다.

문제는 그 실제가 지금까지 배워왔던 것과는 사뭇 다르다는 점이다.

선행은 반드시 좋은 결과를 낳는가?
정직성과 정의감은 반드시 좋은 결과만을 이끌어내는가?

"그렇지 않다!"라고 세상은 대답한다.

아이는 선했지만 비웃음을 받는 사람을 본다. 사악했지만 승리한 사람도 본다. 그러자 지금까지 읽어왔던 위인전, 지금까지 추앙해왔던 역사적 인물이 매우 어색한 인물로 여겨지기 시작한다.

그리하여 아이는 혼란에 빠진다. 책에서 배운 것과 실제 세상을 조화시키지 못하는 것이다. 그리하여 아이는 주변을 두리번거리며 이 문제에 대해 답변해줄 사람을 찾는다.

아이가 자신의 멘토로서 가장 먼저 꼽는 사람은 어머니일 것이다. 그렇지만 어머니는 아이의 의문을 속 시원히 풀어주지 못한다. 어머니의 사정은 "사랑이라면 충분히 줄 수 있다. 그렇지만 지혜라면 아직 준비되지 않았다."인 것이다.

어머니는 지금까지 아이를 위해 자신이 준비할 덕목은 사랑 한 가지만으로 충분했다. 지금까지 아이는 감정을 발달시키는 시기였기 때문이다.

그러나 이제 아이는 자랐다. 그리하여 아이는 이성으로써 세상을 보기 시작하고, 그 결과로써 "왜?"라고 묻기 시작한다. 바꿔 말하여 이때 아이는 인생에 대한 철학적인 질문을 시작한다.

그러나 인생이 무엇인가에 대해서라면 어머니 또한 아이보다 뚜렷이 더 아는 것이 없다. 어머니에게 있어서도 인생은 여전이 오리무중인 것이다.

실망한 아이는 전업주부인 어머니에 비해 세상 속에서 치열하게 살아온 아버지는 다를 거라는 기대감을 갖고 이번에는 아버지에게 묻는다. 그러면 아버지는 신이 나서 대답한다. "인생이란 말야…….", "세상이란 건 말이지……."

그러나 아들은 예전의 그 아들이 아니다. 아들은 곧 아버지가 자신을 초등학생 취급을 하고 있다는 것을 깨닫는다. 전 같으면 아버지의 권위에 눌렸을 테지만 이젠 어린애가 아닌 사춘기 아들은 아버지에게 '반항'한다. "제 얘긴 그게 아니잖아요?"

그렇다. 그 얘기가 아니다.

아버지의 말을 각각으로 들어보면 제법 그럴 듯하다. 그러나 그것의 앞뒤를 연결해보면 도무지 순서도 없고, 원칙도 없고, 기준도 없다.

이쪽에서는 불의한 방법으로 출세한 친구를 비난하던 아버지가 저쪽에서는 그의 성공을 부러워하는 마음을 드러낸다. 이쪽에서는 타락한 공직자를 질타하던 아버지가 급한 일이 생기면 공무원으로 일하는 친구부터 찾는다.

그러면서도 양자가 서로 연관되어 있다는 것을 모른다. 아니, 알기는 할 것이다. 그러나 아버지는 그 앎으로부터 도망친다. 눈을 감거나 외면하는 것이다.

아들은 아직 이성에 때가 묻지 않은 존재로서 그 점을 금방 꿰뚫어본다. 그리고는 아버지의 체면이나 권위는 도무지 염두에 두지 않고 반론에 반론을 퍼붓는다.

처음, 아버지는 불같이 화를 낸다. 그러나 아들은 냉정하다. 냉철한 이성으로써 아들은 아버지가 지금 논리철학적인 문제를 감정적인 문제로 바꾸는 것을 본다. 나는 인생에 대해 물었는데 아버지는 자신의 권위는 보호받아야 한다고 외치고 있다는 사실을 꿰뚫어보는 것이다.

그런 패턴이 몇 차례 반복된다. 그 사이 아버지와 아들 간에는 거리가 생기고, 거리는 시간이 지날수록 넓어진다. 마침내 아버지와 아들의 관계는 서먹해진다.

아버지는 아들이 품 안의 자식이 아님을 깨닫는다. 이제 아들은 고분고분하던 순둥이가 아니라 자신에게 싸움을 걸어오는 도전자인 것이다. 이것은 아들이 절반만 '내 아들'이고 나머지 절반은 '남'이 되어버렸다는 것을 의미한다. 아버지는 쓸쓸한 마음으로 포장마차에 들러 술잔을 기울인다.

문제는 아들 또한 자신이 아버지로부터 소외되고 있다고 느낀다는 점이다. 그러나 아들에게는 들러서 술잔을 기울일 포장마차가 없다. 당연히 아들은 자신을 도와 줄 사람을 찾아 주변을 두리번거린다.

아들은 다음 단계에서 선생님에게 기대를 걸어본다. 그렇지만 선생님 또한 아버지와 별반 다르지 않다는 사실이 곧 밝혀진다. 선생님 또한 아버지와 마찬가지로 또 한 사람의 '기성세대의 일원'일 뿐이다.

그래서 이번에는 선배 형을 찾아간다. 나이 차가 크지 않은 만큼 선배 형은 자신을 굳이 숨기지 않는다. 따라서 둘의 대화는 편안하며, 그 편안함 속에서 아들은 얼마간의 위안을 받는다.

그러나 속이 아주 시원해지지는 않는다. 선배 형에게도 아버지 같은 구석이 있기 때문이다. 그 또한 자신의 권위와 체면이 보호받고 존중받는 것을 전제로 하고 멘토링에 응해줄 뿐이다. 그러나 그보다 더 큰 문제는 선배 형에게는 인생의 경험이 일천한 자로서의 지혜의 한계가 역력해 보인다는 점이다.

그래서 아들은 친구들에게로 간다. 같은 세대인 만큼 친구 간에는 권위와 체면이 전혀 필요하지 않다. 그래서 친구는 세상에서 가장 편한 사람이다. 그렇지만 아들은 친구에게서 인생의 대답을 얻지는 못한다. 그 또한 나처럼 인생이라는 문제 앞에서 방황하고 있기는 마찬가지이기 때문이다.

아들은 마지막으로 책에서 대답을 찾아본다.

그렇지만 세상에는 얼마나 많은 책이 있는지! 그러니 그 수많은 책들 가운데 나의 혼란과 방황을 해결해주는 단 한 권의 책을 찾는다는 것은 풀밭에 떨어진 바늘을 찾는 일 만큼이나 어렵다.

그리하여 아들은 혼자가 되어 남는다…….

자, 이 아들을 어찌할 것인가?

부모는 이 아들을 어떻게 도울 것인가?

인생

• 먼저 큰 밑그림부터 보자 •

아들은 오늘 고등학교 입학식을 치렀다.

입학식이 끝나고나서 아들이 아빠에게 묻는다.

아들　아빠 저 뭐 하나 여쭤봐도 돼요?

아버지　그럼! 뭐든지!

아들　오늘 입학식, 있잖아요?

아버지　응.

아들　근데, 입학식이니 졸업식이니 하는 이딴 건 왜 하는 거예요?

아버지　왜, 따분했어?

아들　따분하죠, 그럼.

아버지　(잠시 생각한 다음) 이 문제에 대해 내가 좀 길게 말하고 싶은

데……. 어때, 들어줄 수 있겠니?

아들　얼마나 길게 말씀하실 건데요?

아버지　15분에서 20분 정도? 너무 긴가?

아들　딱 10분이면 좋겠어요. 전 따분한 건 질색이거든요. (웃으며) 하지만 재미있으면 20분이라도 괜찮아요.

아버지　글쎄, 내가 재미있게 말할 수 있으려나 몰라.

그렇지만 말야, 너도 이젠 고등학생이 되었으니까 좀 따분하더라도 마음에 피가 되고 살이 되는 이야긴 참고 들을 수 있어야 하지 않을까? 어차피 산다는 건 참는다는 거니까 말야.

아들　(문득 생각이 나서) 지금 하신 말씀, 금방 아빠 산다는 건 참는다는 거라고 말씀하셨잖아요?

아버지　그래. 내 말이 너무 지나쳤니?

아들　그 반대예요. 저도 요즘 사는 건 너무 피곤하다는 생각을 하던 참이거든요.

아버지　(웃으며) 어린 녀석이 참! 그렇지만 염세주의자가 된 건 아니지?

아들　가끔은 그런 생각이 날 때도 있단 얘기예요. 그런데요……, 그런 생각을 하다 보면 문득 아빠가 떠올라요. (마음이 뭉클해져서) '나도 이런데 아빠 어떠실까, 아빠 얼마나 힘이 드실까……' 하는 생각이 드는 거예요.

아버지　오, 우리 아들! 이제 다 컸네?

아들   그래서요, (웃으며) 오늘은 아빠의 말씀을 좀 길고 지루하더라도 들어드릴게요. 우리 아빤 격려를 받으실 필요가 있는데 제가 이야기를 들어드리면 그 또한 격려가 아니겠어요? 언젠가 아빠가 말씀하셨죠? '들어주는 것도 주는 것이다.'

아버지   그러니까 내 말을 들어줌으로써 나에게 은혜를 베푸시겠다?

아들   어쨌든 제 걱정은 말고 말씀해주세요. 제가 성의껏 경청해드릴 테니까요.

아버지   그럼 시작해볼까?

       그런데…… 조금 전 우리 얘기가 어디서 시작됐었지?

아들   입학식요. 입학식 같은 건 대체 왜 하는 거냐는 게 제 질문이었어요.

아버지   아, 그랬지. (잠시 생각한 다음) 그런데 아들아, 난 지금 무척 기분이 좋구나.

아들   왜요?

아버지   우리 아들과 마주 앉아 이렇게 대화를 하니까 그런 것 같아. 우리 앞으로도 이런 시간을 자주 가지면 안 될까?

아들   좋죠! 사실은 저도 지금 살짝 기분이 좋아지고 있거든요!

아버지   사실은 말야, 너도 이제 고등학생이 되었고 해서 내가 너랑 좀 더 많은 대화를 해야겠다고 생각하던 참이었어. 그렇지만 네가 받아줄지 어떨지 몰라서 말할까 말까 망설이고 있었지.

아들　　그래요? 사실은 저도 그랬거든요! 요즘 저도 아빠랑 좀 더 많은 대화를 나누면 좋겠단 생각을 하던 참이었어요!

아버지　(아들의 어깨를 툭 치며) 좋아! 그래서 말인데, 그렇담 우리 일주일에 한 번씩 시간을 내어 대화를 나누기로 할까?

아들　　좋아요!

아버지　그럼 오늘이 그 첫 번째 날이 되는 거야. 아들과 아빠가 대화를 나누는 첫 번째 날!

아들　　첫 번째 날! 그 첫 번째 날의 주제는? '입학식은 왜 하는가?'

아버지　다시 정리하면, '입학식을 비롯한 기념식은 왜 하는가?'

아들　　네, 그래요.

아버지　(잠시 생각한 다음) 입학식이든 졸업식이든, 삼일절 기념식이든 광복절 기념식이든, 결혼식이든 장례식이든 간에 사람은 살아가면서 여러 가지 의식(儀式)을 치르게 돼.

　　　　그럼 대답해볼래? 이런 의식들이 갖고 있는 공통점에는 뭐가 있을까?

아들　　먼저 떠오르는 건 따분하다는 거예요.

아버지　그리고?

아들　　음…… 의식이 갖는 공통점은 경직된 분위기인 것 같아요. 왠지 딱딱한 느낌?

아버지　그래, 잘 말했어. 그런데 난 너의 그 말을 조금 수정하고 싶구나.

'딱딱하고 경직된 분위기'라는 말을 '진지하고 엄숙한 분위기'로 말이야.

아들 아빠 늘 그러시죠. 조금 전에도 제가 '입학식'이라고 했더니 아빠 그걸 '입학식을 비롯한 기념식'으로 바꾸셨잖아요? 그러더니 지금도 제 말을 수정하려고 하시네요.

아버지 미안하구나. 그렇지만 그 바꿈과 수정이야말로 내가 너의 아빠인 부분, 즉 내가 어른인 부분이 나타나는 대목이야. 바꿔 말하면 난 너보다 좀 더 넓은 시야에서 무언가를 바라보고 생각하기 때문에 너의 말을 수정하거나 보완해주는 거 아닐까?

아들 알아요. 아빠랑 대화를 나누다 보면 마음이 넓어지고 생각이 커지는 느낌이 생기는 건 아마 그 때문일 거예요.

아버지 그래서 말인데, 우린 여기에서 오늘의 대화 주제를 바꿔야 할 것 같구나.

아들 왜요?

아버지 조금 전에 우린 일주일에 한 번씩 대화를 나누기로 했잖니?

아들 네.

아버지 그럼 우리 대화는 아마도 여러 차례에 걸쳐 진행되겠지?

아들 네.

아버지 그렇다면 전체 대화라는 '큰 틀'에서 볼 때 오늘 대화를 나누기로 한 주제는 그중 일부에 해당되는 '작은 부분'이라고 할 수 있지 않겠니?

아들　네, 그래요.

아버지　우리는 이 문제를 '전국지도'와 '지방지도'에 비유할 수 있을 거야. 앞에서 말한 큰 틀은 전국지도, 작은 부분은 지방지도에 해당된단 얘기지.

　　　아들아, 무슨 문제를 다룰 때는 먼저 큰 틀부터 다루고나서 작은 부분을 다루어야 한단다. 예컨대 네가 우리나라 국토에 대해 알고자 한다면 먼저 큰 틀에서 전국지도부터 볼 필요가 있단 뜻이야. 그런 다음에 작은 부분으로서의 지방지도를 봐야지.

아들　그건 너무나 당연한 거잖아요?

아버지　그런데도 그 당연한 게 잘 알려져 있지 않고, 잘 지켜지지 않고 있단다.

　　　조금 전으로 돌아가볼까? 우린 처음에 '의식이란 무엇인가?'에 대해 대화를 하려고 했었잖니? 물론 그 주제도 중요하긴 해. 그렇지만 그 주제는 전국지도로서 보면 '강원도 횡성군'이나 '제주도 서귀포시'와 같은 지방도시에 해당되는 거야. 즉, 그보다 더 큰 범주의 주제도 많단 얘기지.

　　　내 말은 횡성군이나 서귀포시가 중요하지 않단 얘기가 아니라, 그곳을 정확하게 알기 위해서라도 그곳이 전국지도에서 볼 때 어느 좌표상에 있는지를 알아야 한다는 거야. 횡성군은 강원도에 속하고 서귀포시는 제주도시에 속한다는 것을, 강원도는 한반도를 남북으로 보면 중앙부, 동서로 보면 동쪽에 자리잡고 있다는 것을, 제주도는 한반도의 남쪽 끝에 있는 섬이라는 것을 알아야 한단 얘기야.

이처럼 보다 큰 범주부터 문제를 다루어 들어가는 사람과, 그런 절차를 생략한 채 곧바로 작은 범주를 다루는 사람은 달라. 전자의 앎은 보다 넓은 기초를 갖고 있기 때문에 큰 틀에서는 잘못을 저지르지 않는데 비해, 후자의 앎은 작고 좁기 때문에 큰 틀에서 잘못을 저지를 가능성이 높아.

그것을 잘 표현하는 말을 《성공하는 사람들의 일곱 가지 습관》이라는 책에서 읽은 기억이 나는구나. 거기에는 '침몰하는 타이타닉호의 갑판 위에서 의자를 고친다.'라는 말이 나오는데, 여기서 '타이타닉호'는 전국지도에, '의자'는 지방지도에 해당된다고 할 수 있겠지.

전국지도, 즉 배는 이미 침몰하고 있는 중이야. 그런데도 전국지도를 보지 못하는 사람은 지방지도, 즉 의자를 고치고 있어. 얼마나 바보 같은 일이니? 그렇지만 이런 바보 같은 일이 세상에서는 무수히 벌어지고 있단다. 의자를 고치는 그 선원은 물론 성실한 사람일 테지. 그는 진정성을 갖고 있어. 의자를 편안하게 이용할 고객들을 위해서 진심어린 마음가짐으로 일을 하고 있단 얘기야. 그렇지만 그의 성심성의는 얼마 안 지나 무의미한 것이 되고 말거야. 배는 바다 밑으로 가라앉을 테고, 그때는 의자보다는 배가, 배보다는 사람의 생명이 더 귀중한 것이 될 거니까.

아들 진정성보다 더 중요한 것이 있다는 말씀이 참 신선하게 들리네요. 예전 같으면 아빠의 이 말씀에서 혼란을 느꼈을 법도 한데, 지금은 그렇게 들리기보다는 참 의미심장하다는 느낌이 더 강해요.

아버지 그 말을 칭찬으로 들을게. 고맙구나.

다시 주제로 돌아와, 실제로 국토를 공부하는 사람으로서 전국지도부터 보지 않는 사람은 아무도 없을 거야. 누구든 국토에 대해 공부를 할 때는 먼저 전국지도를 봄으로써 백두산과 압록강은 북쪽에 있다는 것과 한라산과 낙동강은 남쪽에 있다는 것, 경기도는 서쪽에 있고 강원도는 동쪽에 있다는 것 등을 파악하게 돼. 그리고나서 경기도에 들어가 의정부는 경기 북부에 있고 평택시는 경기 남부에 있다는 것, 김포시는 경기 서부에 바다와 접해 있고, 여주시는 경기 동부에 강원도 산악 지역과 접해 있다는 것을 파악하게 마련이야.

그 다음 단계에서 우리는 경기도의 한 시군, 예를 들어 수원시로 들어가 각각의 구는 어디에 있는지를 파악하고, 다시 특정 구 안으로 들어가 각각의 동이 어디에 있는지를 파악하며, 또다시 특정 동 안으로 들어가 각각의 번지는 어디에 있는지를 파악하지.

그러다가 혼란이 오면 그는 자기가 지금 보고 있는 단위보다 한 단계 상위의 지도를 보는 거야. 번지에서 헷갈리면 동 전체를 일별할 수 있는 지도를 보고, 동에서 헷갈리면 구 전체를 일별할 수 있는 지도를 보고, 구에서 헷갈리면 시 전체를 일별할 수 있는 지도를 보는 식으로 말야.

이때 한 단계 상위의 지도는 한 단계 하위의 지도에 비할 때 또다른 의미의 전국지도가 돼. 번지에 비해서는 동 단위의 지도가 전국지도이고, 동에 비해서는 구 단위의 지도가 전국지도인 거지.

이 이치를 역으로 확장하면 우리나라 단위에서는 우리나라 전체를 보는 전국지도였던 것이 아시아 또는 세계의 단위에서는 지방지도가 되는데, 어쨌거나 이로써 우리는 무엇을 파악하고 이해할 때 가장 먼저 전국지도, 즉 상위의 큰 틀부터 확실하게 이해해둬야 한다는 사실은 이해가 됐지?

전국지도를 먼저 보는 것의 이익은 매우 커. 그 점은 전국지도를 보지 않은 상태에서 지방지도부터 볼 때 일어나는 혼란을 생각해봄으로써 잘 이해할 수 있어. 어떤 사람이 전국지도를 보지 않고 지방지도부터 보며 전국을 여행한다고 해보자. 그는 이곳저곳을 분주히 다니겠지. 그렇지만 그는 자기가 지금 어느 좌표상에 있는지, 북쪽에 있는지 남쪽에 있는지, 바다 쪽으로 가고 있는지 내륙을 향해 가고 있는지를 모를 거야. 그러니 혼란에 빠질 수밖에. 어쩌면 그는 자기가 남쪽에 있는 줄을 모르고 낙동강을 압록강이라고 오해할지 몰라. 또 그는 자기가 동쪽에 있는 줄 모르기 때문에 동해 바다를 남해 바다로 착각할지도 모르지. 그가 단지 전국지도를 한번 봤더라면 그런 혼란은 일어나지 않았을 텐데 말야.

사실 전국지도를 일별하는 데에는 많은 시간이 걸리는 것도 아니고, 큰 노력이 드는 것도 아니야. 그에 비할 때 지방지도를 보고 배우는 데에는 많은 시간이 걸리지. 그렇지만 지방지도를 아무리 잘 안다고 해도 전국지도를 제대로 파악하고 있지 않다면 그 많은 앎, 그 많은 지식, 그 많은 정보도 무용지물이 될 수 있어. 아니, 무용지물이면 차라리 낫지. 무용지물은 ‘쓸모없는 물건’이라는 뜻이므로 좋지도 않지만 나쁘지도 않은 물건을 가리키지. 그렇지만 전국지도를 모르는 채로 지방지도를 너무 많이 알게 되면 그 앎은 쓸모없는 앎이 아니라 해로운 앎이 될 수도 있단다. 예를 들어 어떤 사람이 한강을 정비한다면서 영산강을 파낸다면 어떤 일이 벌어지겠니?

(잠시 숨을 돌리고) 자, 여기까지 이야기했으니까 나머지는 우리 아들이 말해볼까? 어때, 내 말을 듣고 뭐 생각나는 거 없니?

아들　(웃으며) 생각나는 게 두 가지가 있어요.

아버지　말해볼래?

아들　　첫 번째는요, '역시 아빠 말씀을 들어드리길 잘했구나.' 하는 거
　　　　고요.

아버지　왜?

아들　　제가 경청을 해드리니까 아빠가 지금 신이 나서 말씀하고 계시
　　　　잖아요? 아빠가 말씀하시는 동안 제가 유심히 봤는데요, 아빤 눈
　　　　빛이 총명하게 빛나고, 정신적인 힘이 팍팍 뿜어져 나왔어요.

아버지　내가 그랬어?

아들　　그리고 두 번째는요, 우리의 앞으로의 대화를 놓고 볼 때 오늘
　　　　첫 시간에 우리가 나눌 대화의 주제는 '의식이란 무엇이냐'라는
　　　　등의 지방지도가 아니라 그보다 더 크고 넓은, 전체를 보는 전국
　　　　지도로서의 어떤 주제여야 한다는 거요. 저는 그걸 깨달았어요.

아버지　바로 그거야! 그렇담 오늘 나눠야 할 대화로서의 전국지도는?

아들　　(잠시 생각한 다음 망설이며) '대화란 무엇인가?', '앞으로 이 대화
　　　　를 어떻게 이끌어 갈 것인가?'

아버지　그보다 더 큰 전국지도는 없을까?

아들　　(좀 더 생각한 다음) 참! 오늘이 입학식 날이니까…… 앞으로의 고
　　　　등학교 3년을 어떻게 보낼 것인가?

아버지　아주 좋구나!

아들　　말씀은 그렇게 하시면서도 아직도 좀 부족하다는 표정이신데요?

아버지　그렇기는 해. 그러니까 좀 더 범주를 넓혀서 생각해볼래?

아들   에이! 그렇담 대답은 정해졌네요. 아빠가 원하시는 대답은 이거예요. '인생이란 무엇인가, 인생을 어떻게 살 것인가?'

아버지 (고개를 *끄덕이며*) 그래! 잘 말했구나!

'인생'이라는 전국지도에 비할 때 삶의 모든 주제들은 다 하위의 지방지도에 불과해. 바꿔 말해서 인생 팔십 년이라는 전국지도에 비할 때 학창 시절은 지방지도에 불과하고, 학창 시절을 전국지도로 놓고 볼 때에도 고등학교 3년 또한 지방지도에 불과하다고 할 수 있지.

따라서 넌 고등학생으로서의 3년, 또는 초중고 시절로서의 12년에 대해서 생각하기에 앞서 인생의 전체를 놓고 먼저 생각을 정리해둬야 해. 이 전국지도가 잘 자리잡게 되면 그에 따라 지방지도로서의 다른 모든 것들 또한 저절로 명백해지기 때문이지.

아들   그렇군요.

아버지 이로써 우리의 첫 주제는 '인생'이 된 셈인데, 다만 한 가지 걱정되는 것은, 그렇다면 아빠인 내가 인생을 모두 알고 있느냐는 점이야. 물론 그렇진 않아. 세상에 인생을 다 아는 사람이 어디 있겠니? 그리고 바로 이 점 때문에 사람들이 전국지도를 보지 않거나 보지 못하는 걸지도 몰라.

이미 말한 것처럼 난 인생을 다 안다고는 생각하지 않아. 다만 나는 내 나름의 인생론, 나라는 사람 1인분을 위한 인생론을 갖고 있을 뿐이지. 그러니까 지금부터 넌 나의 인생론을 듣게 될 건데, 먼저 전제할 것은 나의 이 인생론이 곧 '정답'은 아니라는 거야.

인생에는 누구에게나 통용되는 정답이 없어. 있다면 자기만의 정답, 자기 1인분으로서의 정답이 있을 뿐이지. 이 말은 네가 내 정답을 들은 다음, 이를 참고하여 너만의 정답을 만들어나가야 한다는 걸 의미해.

결국 나는 앞으로 진행될 대화를 통해서 너와 마음을 나누고 싶을 뿐이야. 그럼으로써 너와 내가 보다 솔직해지고, 보다 가까워지는 것이 더 중요하고, 내 생각을 너에게 전파하는 것은 그 다음이란 얘기야.

아들   잘 알겠어요.

아버지 먼저, 인생의 전국지도를 본다는 것은 곧 인생에 있어서의 '가치 우선순위를 정하는 것'을 의미하는데, 예컨대 그것은 '서 말 구슬을 한 줄로 꿰는 것'과 같다고 말할 수 있어. '구슬이 서 말이라도 꿰어야 보배'라는 속담 알지?

구슬이 서 말이면 뭣하고, 열 말이면 뭣하겠니? 그것을 꿰어서 목걸이로 만들지 못하면 말야. 이 비유에서 구슬은 지식(정보)을 의미하고, 꿰는 것은 가치 우선순위의 결정, 즉 지혜를 의미해.

우리는 학교에서 공부를 하는 동안 많은 지식을 습득하게 돼. 또 삶을 살아가는 동안 수많은 정보를 얻게 되지. 그렇지만 그 지식과 정보들이 전국지도라는 큰 틀에서 잘 배열되지 않으면, 다시 말해 가치 우선순위에 따라 순서대로 배열되지 않으면 그것들은 무질서한 것이 되어버리고 말아.

물론 전국지도로서의 인생의 의미를 찾아내지 못한 사람이라고 해서 전혀 구슬을 꿰지 않는 건 아니야. 이를테면 그들은 자신이 가진 서 말 구슬을 한 줄에 꿰진 못했더라도 그것들을 여러 개의 줄로 나눠서 꿴 상태라고 말할 수 있어. 예컨대 그들은 '돈'이라는 주제로 석 되의 구슬을 꿰고, '사랑'이라는 주제로 다섯 되의 구슬을 꿰고, '자존감'이라는 주제로 두 되의 구슬을 꿴단다. 그리고 남는 구슬들은 꿰지 않은 상태로 마구 흐트러져 있지.

분명한 것은 그들이 전체 구슬을 '한 줄에' 꿰지는 않았다는 거야. 그리고 이로부터 혼란이 일어나게 돼. 그에게 돈과 사랑이 충돌하는 일이 발생하는 경우를 가정해볼까? 이때 그는 석 되로 꿴 돈이라는 주제와 다섯 되로 꿴 사랑이라는 주제 앞에서 어떤 것이 더 중요한지를 몰라 쩔쩔매게 돼.

만일 그가 자기가 가진 모든 구슬들을 하나로 꿰었더라면 그런 혼란은 일어나지 않겠지. 이미 말한 것처럼 전국지도를 갖는다는 것은 가치 우선순위를 정한다는 것이고, 가치 우선순위를 정한다는 것은 돈과 사랑 중 어떤 것이 더 중요한지를 확실히 한다는 것을 의미하니까 말야.

그 점에서 지식은 많지만 단지 지식이 많을 뿐인 사람이 있는가 하면, 비록 아는 것은 많지 않지만 그것을 잘 정리해둔 사람이 있지. 이 관점에서 우리는 열 말 구슬을 꿰지 않은 대학교수와 한 되 구슬을 잘 꿴 농부를 비교해볼 수 있을 거야. 이중 더 지혜로운 사람은 대학교수가 아니라 농부야.

또 한 가지 더 짚어둘 것은, 지식은 하나로 꿰는 것만이 능사가 아니라는 점이야. 구슬을 꿰는 것 이상으로 더 중요한 것이 '잘' 꿰는 거야. 가치 우선순위가 잘못된 상태로 구슬을 꿰었을 경우에는 차라리 구슬을 꿰지 않는 사람보다 더 끔찍한 혼란과 고통에 빠져들게 되기 때문이지.

히틀러가 그 대표적인 사례라고 할 수 있어. 히틀러는 자기 나름의 전국지도를 갖고 있었는데, 그 전국지도로서의 가치관에 따라 그는 자국과 타국 국민들에게 엄청난 고통을 가한 전쟁을 일으켰어. 따라서 우리는 히틀러적인 전국지도의 위험성을 충분히 경계하면서 인생에 대해 논의해보기로 하자꾸나.

아들　　그래요, 아빠.

아버지　　내 생각에는 사람들이 전국지도로서의 주제, 즉 '인생을 어떻게 살아야 하는가?' 하는 주제에 대해 생각하지 않는 이유는, 첫째 무엇이든 올바른 관점을 갖기 위해서는 먼저 전국지도부터 봐야 한다는 것을 모르기 때문이고, 둘째 그것을 알긴 알더라도 그 앎을 자기의 전문(직업) 분야에만 적용하고 인생 전체에 적용하지 않기 때문일 거야.

왜 이런 일이 일어날까? 내 생각에 그것은 인생이라는 주제가 너무나 크고 넓기 때문인 것 같아. 그러다 보니 각양각색의 철학·이념·종교가 생겨난 것인데, 인생이라는 전국지도를 보기 위해서는 그 어렵고 어려운 철학·이념·종교를 모두 종합하고 정리해야 하니 어찌 어려운 일이 아니겠니?

그래, 인생은 그런 거야. 인생은 짙은 안개처럼 앞을 볼 수 없는 무엇이지. 어른인 많은 사람들에게도, 나아가 한 분야의 정상에 선 사람에게도, 심지어 인류사에 큰 빛을 남긴 위인들에게까지도 인생이 그런 것인데 하물며 너희 청소년들이야 말해 무엇하겠니?

인생에 대해 궁금한 의문이 샘솟듯이 솟아나는 시절에 든 나의 아들아. 너희는 그래도 혹시 아시는 게 있을까 하는 기대를 갖고 엄마 아빠에게, 또는 선생님에게 인생이 무어냐고 묻지. 그렇지만 그 질문에 속 시원하게 대답해주는 사람은 드물어.

그렇지만 나는 대답하고 싶구나. 나의 지혜를 자신해서라기보다는 내가 너를 너무나도 사랑하기 때문에 말야.

아들 네, 저도 듣고 싶어요. 다른 사람이 아닌 사랑하는 아빠의 인생론이니까요!

아버지 그렇지만 아들아, 나는 다시 한 번 강조해야겠구나. 나는 너에게 정답을 주려는 게 아니라는 것을. 넌 나의 인생론에 대해 찬성할 수도 있고 반대할 수도 있어. 또 수정하거나 보완하여 너의 것으로 만들 수도 있지. 바꿔 말해서 나는 너를 나와 같은 마인드를 가진 사람으로 세뇌하고 싶은 마음은 전혀 없단다.

인생은 저마다 자기의 것이고 따라서 사람은 저마다 자기 나름의 생각을 할 수 있고, 자기 나름의 행동을 할 권리를 갖고 있어 (물론 남을 침해하지 않는 범주 안에서). 그 점에서 넌 완전한 자유인이야. 넌 네 앞에 그 어떤 권위자가 와서 말한다고 해도, 그 사람이 아버지이거나 어머니이거나 선생님이거나 교수님이거나 스님이거나 목사님이거나, 또는 세상 모든 사람들로부터 지혜롭다고 인정받는 그 어떤 사람, 세상의 수많은 사람들이 받아들이는 철학·이념·종교가 가르치는 교리라고 해도 그것을 반대하거나 받아들이지 않을 권리가 있는 거야.

아들 전 아빠의 그런 '열린 태도'가 좋아요. 왠지 모르게 제가 존중받는다는 느낌이 들거든요.

아버지 (웃으며) 그래서 얘기를 시작한 지 20분이 넘어가는데도 내 얘길 꾹 참고 듣고 있는 거니?

아들 벌써 그렇게 됐어요?

아버지 그런 것 같구나. 그러니까 오늘은 이 정도로 하고 일주일 뒤에 다음 얘기를 나눌까?

아들 네, 그래요, 아빠. 일주일 동안 오늘 배운 걸 잘 음미해볼게요.

제1장
인생

- 청소년에게는 대화 상대가 절실히 필요하다. 이 필요에 부응하여 부모는 인생의 선배로서 청소년 자녀의 대화 요청에 응해야 한다.

- 대화는 부모 편의 일방통행 식이 아니라 자녀의 감정과 생각이 충분히 반영되는 형태로 진행될 필요가 있다.

- 대화에 임하는 데 있어 부모의 열린 태도는 매우 중요하다. 열린 태도란 부모가 자신은 실수도 저지르지 않고 오류도 범하지 않는 완벽한 사람으로서가 아니라 자신 또한 실수를 저지르고 오류도 범하는 불완전한 사람임을 솔직하게 인정하는 것을 의미한다.

- 부모는 자녀를 하위자로서가 아니라 자신과 다름없는 고귀한 인격체라는 것을 기억하고 대화에 임하여야 한다.

- 인생이라는 주제에 대해서도 다른 주제와 마찬가지로 전국지도, 즉 큰 틀에서의 총론을 먼저 다루는 것은 매우 요긴하다.

- 인생의 전국지도적인 관점에서 볼 때, 고등학교 3년은 지방지도에 해당된다. 그

것이 무의미하다는 것이 아니라 보다 길고 먼 관점, 인생 전체라는 관점에서 고등학교 3년을 바라볼 필요가 있다는 의미이다.

- 인생의 전국지도를 보는 일은 철학적인 의미를 띠는 것이기 때문에 매우 어렵다. 따라서 대화는 정답을 얻는 결과에 있다기보다 정답을 얻어나가는 과정에 있다고 할 수 있다. 그 과정에서 부모와 자녀는 서로 간의 애정과 이해의 폭을 넓혀갈 수 있고, 이것이 보다 중요한 대화의 목표인 것이다.

나

내 인생은 나의 것

아들과 아빠는 함께 마당에 있는 파라솔 의자에 앉아 차를 마신다.
아들이 먼저 아빠에게 말을 걸어온다.

아들　　아빠, 지난 주에 말씀하신 거 있잖아요?

아버지　응.

아들　　그 전국지도 말씀인데요, 지난 일주일 동안 제가 그 말씀을 시간
　　　　나는 대로 음미해봤거든요.

아버지　참 고마운 일이구나. 그건 네가 내 말을 무척이나 소중하게 여긴
　　　　다는 뜻일 테니까 말야.

아들　　그런 점도 있긴 한데요, 제가 아빠 말씀을 소중히 여겼다기보다
　　　　는 아빠의 말씀이 저절로 떠올랐어요. 그러니까 제 말은…… (잠

시 생각한 다음) 저는 아빠의 말씀을 존중해서라기보다는 아빠의 말씀이 이치에 맞기 때문에 받아들이게 되는 것 같아요.

아버지 그렇담 더 좋은 일이네?

아들 왜 그렇죠? 둘의 차이가 뭔데요?

아버지 지난 번처럼 네 말을 또 한 번 수정해볼까?

이럴 때는 차이(差異)가 아니라 상이(相異)라는 말을 써야 해. '차이'는 차등(差等)·차별(差別) 등의 말에서 보듯이 두 가지가 상하로 수준이 나뉘는 때 쓰는 말이고, '상이'는 상대(相對)·상관(相關)이라는 말에서 보듯이 수평적으로 서로 마주 보는 것끼리 성격이 다를 때 쓰는 말이니까. 그렇지만 거의 모든 사람이 차이라는 말을 쓰고 있으니까 네가 '차이'라고 말하더라도 난 '상이'로 들을게.

아들 그렇다면 저도 '상이'라는 말을 써야죠. 이건 아빠의 견해를 존중해서가 아니라 이치가 그렇기 때문이에요!

아버지 그래, 고맙구나.

그런데 지금 넌 매우 중요한 말을 했어. 너는 내 견해를 '존중'해서가 아니라 내 견해가 '이치'에 맞기 때문에 받아들인다고 했지? 그러니까 넌 내 말을 진·선·미(眞善美) 가운데 선의 일부로 받아들인 게 아니라 진의 일부로서 받아들인 거야. 그리고 나는 이 편이 더 믿음직하다고 생각해.

아빠를 존중해야 한다는 것은 일종의 효도심인데 비유하자면 이 마음은 가슴(善)에서 나오는 거라고 할 수 있고, 내 말이 이치에 맞기 때문에 받아들이는 것은 논리적인 귀결로서 결정을 내린 건데 비유하자면 이 마음은 머리(眞)에서 나오는 거라고 할 수 있지.

머리와 가슴. 감성과 논리. 물론 이 둘은 다 중요해. 그렇지만 나는 전자보다는 후자가 더 폭이 넓다고 생각해. 결국 감정보다 이성이 더 중요하단 얘기야.

아들 (바짝 정신을 차리며) 그건 굉장히 중요한 말씀인 것 같아요. 좀 더 자세히 설명해주세요. 사실 감정과 이성이라는 주제는 요즘 절 고민에 빠뜨리고 있는 것 중 하나거든요.

아버지 가슴에서 나오는 가장 높은 가치는 '사랑'이고, 머리에서 나오는 가장 높은 가치는 '이성'인데, 이성은 그 자체만으로는 반드시 가치 있는 것은 아니야. 그러나 이성은 지혜로 자라날 수 있어. 이때 지혜는 머리와 가슴, 감성과 이성을 총합하여 바라보는 '제3의 눈'으로서의 지식이지. 이 지혜를 얻는 것은 곧 인생을 얻는 것이나 마찬가지야.

바꿔 말해서 난 이 대화를 통해서 네가 머리와 가슴, 감성과 이성을 조화시키는 지혜를 갖게 되기를 바란다. 보통 사람들이 인간의 최고 덕목을 사랑으로 생각한다는 걸 나도 안다. 그렇지만 난 생각이 조금 달라. 인생의 최고 덕목은 사랑이 아니라 지혜라는 것이 내 생각이야.

이를 이해하기 위해서 내가 소크라테스 식으로 네게 물어볼게. 어떠니, 사랑이 있는 사람에게 반드시 지혜가 있을까? 예를 들어 다 큰 아들을 일일이 챙겨주는 엄마가 있다고 해. 이 엄마에게 사랑이 있는 건 맞지?

아들　　네.

아버지　그럼 지혜는 어떠니? 그 엄마에게 지혜가 있을까?

아들　　아들을 마마보이로 만드는 그런 마인드에 지혜가 있다고 말할 수는 없겠죠.

아버지　그럼 이번에는 지혜로운 어머니가 있다고 생각해보자. 그 어머니가 아들을 사랑할까, 사랑하지 않을까?

아들　　당연히 사랑하겠죠.

아버지　그래. 이로써 우리는 지혜는 사랑을 포함하지만 사랑은 지혜를 반드시 포함하지는 않는다는 걸 알 수 있어. 그러니까 지혜는 사랑보다 범주가 넓은, 즉 더 높은 가치를 지닌 덕목이라고 해야 해. 안 그러니?

아들　　그렇지만 지혜로운 어머니를 생각하면 왠지 그 분에게는 사랑이 적을 것 같다는 느낌이 들어요. 한석봉에 관련된 유명한 일화를 생각해보더라도 말이에요.

아버지　그 일화에서 석봉의 어머니는 중간에 공부를 그만두고 돌아온 아들을 서당으로 되돌려 보내지. 바로 이것이 지혜로부터 나온 행동인데, 이 지혜는 당장으로만 보면 아들을 힘들게 만드는 것으로, 사랑이라고는 말할 수 없어. 그렇지만 조금 더 생각해보면 그 행동이야말로 아들을 진정으로 사랑하는 마음에서 나온 거라는 걸 너도 알 수 있을 거야.

아들   그렇죠. 그 행동은 결국 아들을 훌륭한 서예가가 되도록 이끌었으니까요.

아버지   한석봉의 어머니의 경우에서도 보듯이 지혜로운 어머니는 아들을 대할 때 한 손에는 사랑을, 다른 한 손에는 이성을 들고 있어. 그리고는 아들에게 사랑을 줘야 한다고 판단될 때는 사랑을 주고, 이성적으로 대해야 한다고 판단될 때는 냉정하게 아들에게 이익이 되고 그 결과가 사랑이 되도록 하는 쪽을 택하게 돼.

세상사는 감정(가슴)으로 다가가야 할 때가 있는가 하면 이성(머리)으로 다가가야 할 때가 있어. 문제는 살다 보면 이 둘을 헷갈린 나머지 가슴으로 다가가야 할 때 머리로 다가간다거나, 머리로 다가가야 할 때 가슴으로 다가가는 일이 많다는 거야. 이렇게 되면 문제가 꼬여 온갖 부작용이 일어나게 마련인데, 지혜는 우리를 이런 혼란에 빠지지 않게 해주는 덕목이야.

나는 내가 너에게 그런 아빠여야 한다고, 너에게 사랑이 필요할 때에는 사랑을 주고 너에게 이성적 접근이 필요할 때에는 아버지로서의 애정을 잠시 접을 줄도 아는 그런 아빠여야 한다고 생각하고 있어.

이런 나의 태도는 너에게 좀 냉정한 느낌을 줄 수도 있다는 건 나도 알아. 그렇지만 아들아, 넌 이제 고등학생이야. 초등학생도 아니고 중학생도 아닌 고등학생. 이제 너는 이성을 더욱더 발달시켜야만 하는 나이가 되었다는 뜻이야.

그런 면에서 다소 차갑게 느껴질지도 모르는 나를 이해해줄 수 있겠니?

아들　이해해요.

아버지　사람은 아이로부터 어른이 되는 쪽으로 성장해나가게 마련이야. 바꿔 말해서 사람은 어렸을 때에도 어른으로서의 부분이 있어. 다만 그 비중이 적을 뿐인데, 좀 무리인 줄 알지만 이것을 수로서 말해보면, 초등학생은 어른 부분과 아이 부분이 3 대 1 정도이고, 중학생은 반반, 고등학생은 1 대 3 정도가 아닌가 싶구나. 그러니까 초등학생은 4분의 3은 아이지만 4분의 1은 어른이라고 할 수 있고, 중학생은 2분의 1은 아이, 2분의 1은 어른, 고등학생은 4분의 1은 아이지만 4분의 3은 어른이라고 할 수 있는 거지.

지혜로운 부모는 이 비율에 맞춰 자기 자녀를 대하게 돼. 이 비율에 맞춰 자녀가 아이인 부분 만큼은 사랑을 베풀고, 자녀가 어른인 부분 만큼은 이성적으로 대하는 거야. 예를 들어 초등학생에게는 4분의 3 정도를 사랑으로, 나머지 4분의 1을 이성으로써

대하고, 중학생에게는 사랑과 이성을 반반의 비율로 해서 대하
는 거야. 그러다가 아들이 고등학생을 거쳐 대학생(성인)이 되면
전적으로 이성적으로만 대하게 되겠지.

아들　이치로 보면 맞는 말씀이긴 한데, 그런 아빠의 말씀을 들으니 아
　　　빠가 조금더 멀게 느껴지는 것 같기도 해요. 다른 한편으로는 제
　　　가 좀 외롭다는 느낌이 들기도 하구요.

아버지　그것뿐이니? 내 생각에 너는 일종의 자부심 같은 것도 느끼고
　　　있을 것 같은데?

아들　(잠시 생각한 다음) 그런 것 같기도 해요. 한편으로는 외로우면서
　　　다른 한편으로는 척추가 꼿꼿해지는 느낌이 드는 것 같기도 하
　　　고…….

아버지　바로 그거야!

아들　네?

아버지　우린 지난 시간에 앞으로의 우리의 대화를 이끌어감에 있어서
　　　전국지도부터 보자는 데 합의를 했잖니?

아들　네, 그래요.

아버지　그래서 나는 오늘 이 시간에는 인생이라는 전국지도에 대해 말
　　　하려고 했었거든. 그런데 지금 우리의 대화가 자연스럽게 그쪽
　　　으로 흘러가고 있구나.
　　　지금 넌 한편으로는 네 자신이 외롭게 느껴진다고, 그러나 다른

한편으로는 척추가 꼿꼿해지는 느낌이 든다고 말했어. 이 상반되는 두 느낌, 바로 이 느낌이 일어나는 데가 인생의 전국지도가 출발되는 기점이야.

전국지도라는 것은 가치 우선순위를 정한다는 거라고 한 내 말 기억하니? (아들이 고개를 끄덕이는 것을 보고) 그때 난 가치 우선순위를 정한다는 것은 서 말 구슬을 순서에 따라 꿰는 거라고 말했지.

그렇다면 첫 번째 구슬이 무언지가 문제인데, 바로 조금 전에 네가 한 말, 한편으로는 너 자신이 외롭게 느껴지고, 다른 한편으로는 척추가 꼿꼿해지는 느낌이 든다는 그 말에서 나는 첫 번째 구슬을 본단다.

여기에서 내가 '개별자(個別者), 고독(孤獨), 자립(自立)'이라는 세 가지 키워드를 제시할게. 네가 조금 전에 한 말로 돌아가 네가 외롭다고 느껴진 것은 '고독'에 해당되고, 그 근거가 '개별자'야. 그리고 개별자로부터 '자립'이 요청되는데, 그것이 바로 네가 조금 전에 느낀 꼿꼿함이란다.

아들   좀 어려워요.

아버지 나중에 우리의 대화가 다 끝난 다음에 이 말을 다시 생각해보면 그리 어렵지만은 않을 거야. 어쨌거나 지금부터 나는 앞에서 든 세 가지 키워드 중에서 개별자부터 이야기할까 하는데, 어때,

준비됐니?

아들   네.

아버지   자, 조금 전에 내가 고등학생은 4분의 3 어른, 중학생은 2분의 1 어른, 초등학생은 4분의 1 어른이라고 말했는데, 이런 식으로 거슬러 올라갈 경우에 유치원생은 얼마쯤 어른인 거지?

아들   아마도 8분의 1쯤요?

아버지   그럼 그보다 더 어린 아이, 예를 들어 세 살짜리 아기는?

아들   16분의 1쯤 되겠죠.

아버지   더 거슬러 올라가볼까? 첫돌을 맞은 아기는 얼마쯤 어른일까?

아들   32분의 1로 하죠, 뭐.

아버지   다시 더 거슬러 올라가보자. 막 태어난 아기는 얼마쯤 어른이지?

아들   지금까지 방식으로 말한다면 64분의 1쯤 어른이 되어야 하는데, 뭔가 이상한데요?

아버지   뭐가 이상하지?

아들   아니, 막 태어난 아기가 무슨 '어른'이에요?
아기가 어떻게 어른이 될 수가 있느냐구요?

아버지   (웃으며) 과연 그럴까? 과연 갓 태어난 아기는 조금도 어른이 아닐까? 완전하게 100퍼센트 아이이기만 할까?

아들   (잠시 생각한 다음) 글쎄요……. 그것도 반드시 그렇다곤 말하기 어렵겠는데요. (다시 생각한 다음) 이 문제는 아이와 어른의 본질이 무어냐를 결정한 다음에 말해야 할 것 같아요. 그래야 아기가 100퍼센트 아이인지, 아니면 조금이라도 어른의 요소가 있는지를 말할 수 있겠어요.

아버지 그럼 다시 물으마. 네 생각에 어른은 누구고, 아이(미성년자)는 누구지?

아들 그걸 알면 오늘 대화는 거기서 끝나는 거 아녜요?

아버지 내가 결론부터 말할게. 내 생각에 어른이란 '독립자(자립자)'를, 아이는 '독립자가 아닌 사람(의존적인 사람)'을 의미해. 어때, 내 말이 맞는 것 같니?

아들 그런 것 같아요.

아버지 그래. 어른은 독립자를 의미하고 아이는 독립하지 못한 사람을 의미해. 그렇다면 독립이란 무엇인가가 문제인데, 먼저 글자부터 살펴보면 독립(獨立)에 쓰인 두 글자는 각각 홀로 독(獨) 자와 설 립(立) 자야. 그러니까 독립은 홀로 서는 거야. 독립자는 다른 말로는 자립자(自立者)인데, 자립에 쓰인 두 글자는 스스로 자(自) 자와 설 립(立) 자야. 그러니까 자립은 스스로 서는 거지. 이렇게 되어 우리는 스스로 홀로 선 사람이 어른, 아직 그러지 못한 사람이 아이라는 결론을 내릴 수 있겠지?

이렇게 정리한 다음 조금 전의 질문으로 돌아가 물어볼까? 독립이라는 점에서 볼 때 갓 태어난 아기는 홀로 선 존재일까, 아님 홀로 서지 못한 존재일까?

당연한 말이지만 '선다'는 것은 두 다리로 서는 것만을 의미하는 건 아냐. 모든 부분에서, 육체적·정신적인 부분 모두에서 서는 것을 의미한단 얘기야. 어때, 그 경우 아기는 홀로선 존재일까?

아들 당연히 홀로 서지 못한 존재죠.

아버지 내 말은 그게 아니라 갓난아기가 100퍼센트 홀로 서지 못한 존재냐, 그런 의미야. 어떠니, 갓난아기는 100퍼센트 엄마 아빠(남)에게 의존하는 존재니, 아님 아주 적은 비율이긴 할지라도, 예컨대 1퍼센트에 지나지 못할지라도 자기 나름의 독립적인 부분을 가진 존재니?

아들 그렇다면 갓난아기에게도 자기 나름의 독립적인 데가 있다고 해야죠. 적어도 아기는 엄마의 젖을 자기의 입으로 빨잖아요?

아버지 바로 그거야!

아들 네?

아버지 이제 우리의 논의는 거의 '근본'에 이르렀어. 서 말 구슬의 첫 번째 구슬을 찾기 직전까지 왔단 얘기야.

아들 (눈을 반짝이며) 어서 말씀해주세요.

아버지 우리는 지금 인생을 어떻게 살 것인가를 생각하고 있어. 그리고 인생의 첫출발은 막 태어난 아기, 즉 갓난아기로부터 시작돼. 물론 아기는 태어나기 아홉 달(열 달) 전에 어머니의 태중에 처음 등장하지. 그러니까 누군가의 인생의 첫출발은 태중에 잉태되던 순간부터라고 하는 게 더 정확하다고 할 수 있어.

태중의 아기가 하나의 생명체냐 아니냐는 것은 종교적·의학적으로 논란이 되고 있는 주제야. 현재 이 문제는 '배아 복제를 법적으로 허용하느냐 허용해서는 안 되느냐'는 문제와도 연결되어 치열하게 논쟁 중인 상태라는 것은 너도 알고 있지?

그렇지만 우리는 여기에서는 통계학적 입장에서 생각해보자. 어떠니, 어떤 조사원이 한 가정을 방문하여 그 가정에 사는 실제 거주 인구수를 조사한다고 할 때, 그가 태중의 아기를 셈에 넣을까?

아들　그렇진 않겠지요.

아버지　그렇다면 이 경우는 어때? 어떤 집을 방문했는데 그 집에서 막 아기가 태어났어. 그럼 그 조사원은 그 아기를 셈에 넣어야 하니, 넣지 말아야 하니?

아들　당연히 넣어야죠. 적어도 실제 거주 인구를 조사하는 조사원이라면요.

아버지　이로써 우리는 아기가 태중에 있는 것과 태를 벗어나 태어난 경우가 확연히 구별된다는 것을 알 수 있어. 그렇다면 한 아기가 태어난다는 사실의 기준 시점은 언제지?

아들　막 엄마의 자궁에서 벗어날 때가 아닐까요?

아버지　그래. 보다 정확하게 말하면 그때는 바로 '태가 끊어지는 순간'

이야.

아들 태를 끊는 것이 왜 그렇게 중요하죠?

아버지 그 행위를 통해 의존자였던 아기가 독립자로서 첫출발을 하게
되니까.

아들 독립자로서요? 독립자는 어른을 의미한다면서요?

아버지 그래. 완전한 독립자는 어른을 의미해. 그러나 너도 인정한 것처
럼 미성년자 또한 '일부'는 어른이야. 고등학생은 4분의 1 어른,
중학생은 2분의 1 어른이듯이 첫돌을 맞은 아기는 32분 어른이
고, 갓 태어난 아기는 64분의 1 어른이란 얘기야. 그리고 바로 그
부분, 그 비율이 64분의 1인지 100분의 1인지는 몰라도 아주 적
은 어른으로서의 부분이 바로 독립자로서의 부분이고, 이 부분
을 키우는 것이 곧 인간의 성장이야.

아들 (생각에 잠기며) 아기도 어른의 부분이 있다……. 그렇다면요, 여
기에서 우리는 두 구슬의 우선순위를 정해야겠어요. 갓난아기에
게 1퍼센트의 어른으로서의 부분이 있고, 99퍼센트의 아이로서
의 부분이 있다고 한다면, 어른으로서의 부분과 아이로서의 부
분 중 어느 쪽이 더 중요한지를, 어느 쪽이 가치 우선순위상 상
위에 속하는지를 가려야 하지 않겠느냐는 얘기예요.

아버지 (감탄하며) 오! 멋진 내 아들! 그래, 바로 그거야. 우리는 그 둘 중
어떤 것이 더 중요한지, 어떤 것이 근본이고, 어떤 것이 지말인지

를 가려야 해. 그렇다면 말해볼래? 그 둘 중 어떤 것이 더 상위의 것이지?

아들 (생각한 다음) 어른으로서의 부분일 것 같아요. 아기는 언젠가는 어른이 될 거고, 그때 아기에게 남아 있던 아이로서의 부분은 사라질 테죠. 그러니까 사람의 어른으로서의 부분은 항시적인 것인데 비해 아이로서의 부분은 미성년 시절에만 적용되는 일시적인 것이고, 이 경우 항시적인 것이 일시적인 것보다 상위의, 보다 근본적인 무엇일 수밖에 없어요.

아버지 대단하구나, 내 아들!

네가 잘 정리한 것처럼 사람의 어른으로서의 부분과 아이로서의 부분 중에서 어른으로서의 부분은 불변-본질적인 특성이고, 아이로서의 부분은 가변-비본질적인 특성이야.

매우 중요한 내용이니까 우리 이 문제를 좀 더 생각해보도록 하자. 흔히 쓰이는 말 중에 "자식이 배부르게 먹는 것을 보면 내(엄마)가 배가 부르다."라는 말이 있지. 그렇지만 이 말은 수사(修辭)일 뿐 실제는 아니야. 각각의 인간은 저마다 자기만의 몸을 갖고 있고, 자기만의 마음을 운영하게 마련이야. 자기만의 오관(五官)을 갖고 있고, 자기만의 심장, 자기만의 두뇌를 갖고 있으며, 자기만의 감정을 느끼고, 자기만의 생각을 하지.

이 기초적인 사실은 엄마와 자식 간에 넘을 수 없는 실선(도로 위에 그려진 실선은 넘을 수 없는 선이라는 건 알고 있지?)을 그려 분리해. 엄마는 엄마, 자식은 자식으로 따로 떼어서 구별하는 거지.

그러니까 인간은(모든 생명체는) 홀로 떨어진 '섬'이야. 따라서 아기가 배가 부르려면 아기가 직접 먹어야 해. 물론 엄마는 아기에게 음식을 먹여줄 수 있어. 그렇지만 그 음식을 삼키고 소화해야 하는 것은 아기야. 이때 아기에게 음식을 주는 것은 아기와 엄마 간의 넘을 수 없는 선을 넘고자 하는 사랑의 행위이지만 아무리 지극한 사랑이라고 할지라도 마지막 실선까지 넘을 수는 없어. 엄마는 아기 대신 먹어줄 수 없고, 아기 대신 소화해줄 순 없단 얘기야.

아들   링거를 통해 영양분을 공급하는 경우는요?

아버지   그 경우 아기를 대신해서 누군가(엄마, 의사)가 음식을 소화해주는 것처럼 보일지 몰라도 실은 그렇지 않아. 그때에도 역시 아기는 아기 자신의 혈관을 통해서, 아기 자신만의 신체적 능력으로써 링거액을 영양화하지 않음 안 돼.

그렇지만 태중의 아기는 달라. 태중의 아기는 엄마가 배부르면 따라서 배가 불러 와. 엄마가 섭취한 영양분이 태를 통해 아기에게 전달된단 얘기야. 그러니 태중의 아기와 엄마는 글자 그대로의 한 몸이라고 해도 좋겠지(그렇긴 해도 이것은 영양에 대해서만 그렇고, 아기는 아기 나름의 두뇌와 몸을 갖고 있기 때문에 다른 문제에서는 태중에서조차도 아기는 엄마와 구별되는 존재야).

그렇지만 엄마 몸 밖으로 나와 엄마와 자기를 잇고 있던 태가 끊어지는 순간 이후부터 아기는 독립적으로 작동하지 않을 수 없어. 물론 엄마는 아기를 위해 젖을 먹여주겠지. 그렇지만 엄마는 단지 아기에게 젖을 물릴 뿐이고, 먹는 것 자체는 아기가 제 스스로 해야 해. 만일 아기에게 문제가 있어서 엄마가 물린 젖을 빨지 못한다거나, 빨더라도 삼키지 못한다거나, 삼키더라도 소화시키지 못한다면 엄마로선 어떻게 할 도리가 없는 거지.

물론 그때에도 엄마는 아기를 어르고 달래겠지. 병원에 데려가겠지. 가슴을 졸이고 마음 아파하고 울고 뜬눈으로 밤을 지새겠지. 그러나 엄마가 아기에게 다가갈 수 있는 건 거기까지뿐이야. 아무리 아기를 사랑하는 엄마라고 해도 엄마는 아기를 대신해서 음식을 먹어줄 수 없어. 바로 이것이 아기의 독립자로서의 부분, 어른으로서의 부분, 본질적이고 불변하는 부분이야.

지금까지 네가 이해하기 쉽도록 먹는 것을 중심으로 이야기했지만 아기의 독립자로서의 면이 어디 먹는 것뿐이겠니? 듣는 것이 그렇고, 맛보는 것이 그렇지. 오관뿐만이 아니라. 정신적인 면에서도 그래. 인간은 자기에게 주어지는 심리적인 짐(번뇌, 스트레스 등)을 자기 스스로 감당해야 해. 그런 끝에 최종적으로는 자기에게 닥쳐오는 가장 큰 짐인 죽음을 감당해야 하는 것이 인간이야.

결론지어 말하면 모든 인간은 '저마다 자기 자신'이야. 인간은 저마다 독립된, 결코 남과 하나가 될 수 없는 존재, 즉 개별자인 거야. 나는 모든 인간이 개별자라는 이 기초적인 사실을 '실존의 제일법칙'이라고 부르고 있어. 사람의(모든 생명 가진 존재의) 삶은 이 기초 위에 서 있기 때문이지. 즉, 이 실존의 제일법칙이 바로 서 말 구슬 가운데 첫 번째 구슬이란다.

아들　이제 와서 생각하니까 제가 전에 아빠로부터 이런 내용의 말씀을 들은 기억이 나는데, 아마도 초등학교 5학년 때쯤이었던 것 같아요. 다만 그땐 지금처럼 철저하게 말씀하신 건 아니었어요. 죽음이라는 단어를 쓰시지도 않았고, 실존의 제일법칙이라는 말씀을 쓰시지도 않았어요.

아버지　당연히 그랬겠지. 그때 넌 아직 아이로서의 부분이 더 많았을 때니까. 그러나 지금 너는 4분의 3 정도 어른이 되었고, 그래서 같은 내용이라도 더 철저하게 말할 필요가 있고, 또 말할 수 있게 된 거야.

어쨌거나 우리는 이 실존의 제일법칙을 서 말 구슬의 첫 번째 구슬로 삼자꾸나. 어때, 이 기초가 맘에 드니?

아들　(웃으며) 맘에 안 들어요. 그 법칙대로 한다면, 결국 삶의 모든 문제는 다 내가 짊어져야 하는 짐이라는 얘기가 될 테니까요.

아버지　아들아, 내가 널 좀 안아주고 싶은데, 괜찮겠니? (아들에게 다가가 아들을 안아주고 나서 손을 잡으며) 손이 따뜻하네?

아들 (빙긋 웃으며) 아빠 손도 따뜻해요. 말씀은 이성적으로 하시더라도 손까지 차가워지신 것은 아닌 모양이네요.

아버지 (아들의 어깨를 툭 치며) 농담을 다 하네! 어쨌거나 오늘의 대화를 마무리하는 이 시점에서 아빠 실존의 제일법칙을 다시 한 번 강조해야겠다.

아들아, 인간이 저마다 독립된 존재라는 것은 인간에게 한편으로는 '자유'가, 다른 한편으로는 '책임'이 있다는 것을 의미한단다. 너는 그중에 먼저 책임을 언급했다만 그 뒷면은 자유야. 실존의 제일법칙은 말하자면 양날의 칼인 거지.

자유와 책임!

아들아, 사람이 성장하여 어른이 된다는 것은 한편으로는 자유를 확보하고 다른 한편으로는 책임을 진다는 것을 의미한단다. 예를 들어 초등학생은 4분의 1밖에는 자유를 누리지 못해. 공부 문제를 비롯한 거의 모든 문제에 대해 4분의 3을 부모나 선생님의 지도에 따르게 되는 거지. 그러나 초등학생이라고 할지라도 4분의 1의 어른 부분에 대해서는 자기의 의견을 피력하여 인정받게 마련이고, 자기가 누린 자유의 부분 만큼 책임을 져야 한단다.

이런 식으로 성장을 해서 마침내 어른이 되면 그는 자기의 모든 문제를 자기의 의지에 따라 결정할 수 있게 돼. 바꿔 말하면 그때 그는 자신의 결정에 따르는 모든 결과에 대해 책임을 져야 해. 이것은 인생은 다른 누구의 것이 아닌 나 자신의 것이라는 사실을 의미한단다.

너무나 당연한 말이 아니냐구?

그런데 이 당연한 사실이 잘 알려져 있지 않은 게 우리나라의 현실이야. 예를 들어 우리나라의 고등학생으로서 자기가 다닐 학교를 자기가 선택하는 경우가 얼마나 될까? 학원을 다녀야 할지 말아야 할지, 학원을 다닌다면 어느 학원을 다녀야 할지, 하루 몇 시간 공부를 하고 몇 시간을 쉴지를 자기 스스로 결정하는 학생이 과연 얼마나 될까? 전부는 아닐지라도 자기가 주도적으로 (4분의 3 정도의 주도권을 가지고) 자기의 학습에 대한 방향과 방법을 선택하는 학생이 얼마나 될까?

아들　모르긴 해도 매우 드물 거예요.

아버지　그래. 우리나라의 거의 모든 고등학생이 부모나 선생님의 의견에 따라 학교를 선택하고 있어. 자기에게 주어진 자유를 활용하도록 허용하지 않고, 학생들 또한 그것을 주장하지 않아. 이것은 우리나라의 많은 청소년들이 삶이 자신의 것이라는 점, 따라서 선택과 결정 또한 자신이 하고, 그에 책임을 져야 한다는 것을 배우지 못한 채로 대학생이 된다는 것을 의미해.

물론 머리로는 배우겠지. 교과서에 자유와 책임에 대해 자세히 쓰여 있을 테니까 말야. 그러나 그것을 머리로 배워서 답안지에 쓰는 것과 실제로 자기가 자기의 일을 결정하고나서 그 책임을 져보는 체험을 하는 것은 달라. 내가 말하고 있는 것은, 우리나라 교육이 성인이 된다는 것이 무엇인지를 이론적으로 가르치지 않는다는 것이 아니라 그것을 실제로 체험하도록 이끌어주지 않는다는 거야.

요즘 체험학습이라는 게 유행인 모양인데, 가장 중요한 체험학습은 군대식 유격훈련을 하거나 진흙으로 도자기를 만드는 등의 체험이 아니라 내가 직접 내 문제를 다뤄보는 것, 내가 결정을 내리고 그 결정에 따라 행동해보는 것, 그런 다음 그것에 뒤따라오는 결과를 책임져보는 거야.

생각해봐. 고등학생이 될 때까지 그런 체험을 해본 적이 거의 없던 사람이 갑자기 대학생이 되어 자신의 일을 100퍼센트 자신이 결정해야 하는 상태가 되었을 때 어떤 일이 벌어지겠니?

당연히 우왕좌왕하겠지. 조금밖에 주어지지 않던 자유가 갑자기 100퍼센트 주어지니 그것을 어떻게 써야 하는지를 모를 수밖에. 알고 보면 대학생들이 입학 첫해에 공부를 등한시하는 것이나, 새내기를 맞는 동아리 모임 등에서 무리한 폭력이 일어나는 등의 문제는 이런 사정이 배경이 되어 생긴다고 나는 생각하고 있어.

아들　아빠의 말씀을 듣는 동안 제가 쑥 큰 느낌이에요!

아버지　그러니?

아들　그리고 아빠!

아버지　응?

아들　이제부터 전 아빠를 아버지라고 불러야 할 것 같아요.

아버지　왜?

아들　아빠라는 말은 참 친근해서 좋긴 한데요, 어쩐지 미숙한 아이가 쓰는 말 같은 느낌이 드니까요. 그래서 4분의 3 어른인 제가 쓰기에는 좀 쑥스러운 말이라는 생각이 갑자기 들었어요.

아버지　바로 이 장면이네?

아들　네?

아버지　그 문제에 대한 결정을 내릴 권리가 아빠에게 있느냐, 아들에게 있느냐를 결정한 장면이란 얘기야.

아들　아!

아버지　그러니까 결정은 네가 내려. 난 네 결정에 따를 테니까.

아들　(잠시 후에) 아버지!

아버지　그래.

아들　(웃으며) 이럴 땐…… '허그(포옹)'가 아니라 '핸드셰이크(악수)'가 맞는 거죠?

아버지　그 또한 네가 원하는 대로! (손을 내밀어 악수를 청한다.)

아들   (아버지의 손을 잡으며) 감사합니다.

아버지   그래, 나도 고맙구나.

아들   저, 더 열심히 공부할래요. 왜냐면요, 제 인생은 저의 것이니까요!

# 제2장
나

- 수직적인 관계에서 아들은 부모의 의견을 존중해서 받아들이지만, 수평적 관계에서 아들은 부모의 의견이 이치에 맞기에 받아들인다. 진정한 대화와 소통은 후자를 통해 이루어진다.

- 사람은 감정(감성)과 이성의 존재이며, 이 둘은 조화를 이루어야 한다. 이 둘을 조화시키는 것은 지혜이다.

- 사랑보다 지혜가 더 폭이 넓다. 그것은 사랑을 가진 부모가 반드시 지혜로운 것은 아니지만, 지혜로운 어머니는 반드시 사랑을 갖고 있게 마련이라는 사실로써 증명된다.

- 지혜로운 어머니는 한 손에 사랑을, 다른 손에는 이성을 갖고 둘을 적절하게 운용한다. 이때 부모는 자녀의 아이 부분 만큼 사랑을 베풀고, 어른 부분 만큼 이성으로써 대하게 된다.

- 미성년자라고 해도 그 나름의 어른 부분이 있다. 예컨대 초등학생은 4분의 1, 중학생은 2분의 1, 고등학생은 4분의 3이 어른이라고 할 수 있으며, 그 나머지만이 아이로서의 부분이다.

- 전국지도를 본다는 것은 자기가 가진 정보에 가치 우선순위를 부여하여 순서에 따라 배열하는 것이다.

- 어른(성인)이란 홀로 선 사람, 즉 독립자(자립자)를 의미한다.

- 인간은 본질적으로 저마다 떨어져 있는 고독한 섬, 즉 개별자이다. 나는 어머니가 아니고 어머니는 내가 아니며, 따라서 나를 제외한 모든 사람은, 설령 그가 나를 지극히 사랑하는 어머니라고 해도 근본적으로는 남(타자)인 것이다. 이 사실로부터 모든 인간은 자립해야 한다는 결론이 도출된다.

- 자립자가 된다는 것은 한편으로는 자유를 가진다는 것을, 다른 한편으로는 책임을 진다는 것을 의미한다. 이에 따라 4분의 3 만큼 어른이 된 고등학생은 자신의 인생에 대해 4분의 3 만큼의 자유를 누릴 수 있고, 또 그만큼 책임을 져야만 한다.

- 우리나라에서는 청소년들에게 충분한 자유가 주어지지 않고 있다. 그 결과 자유에 따르는 책임에 대해 체험적으로 깨닫는 기회를 갖기 어렵다. 이런 상황에서 부모의 통제가 불가능한 대학생활이 시작되면 그들은 자신에게 갑자기 주어진 100퍼센트의 자유를 어떻게 사용해야 할지를 몰라 쩔쩔매게 된다.

- 따라서 부모는 청소년 자녀에게 적절한 정도의 자유를 주고 그 책임을 지도록 함으로써 언젠가는 어른이 되어 100퍼센트의 자유를 누리게 되는 한편 자신의 행위에 대해 100퍼센트 책임을 지게 될 자녀의 미래를 미리 준비시켜야 한다.

- 인간이 개별자라는 것은 곧 '내 인생은 나의 것'이라는 것을 의미한다.

개별자

· 나는 자립해야 한다 ·

서로 사정이 있어서 두 사람의 대화는 2주 동안 중단되었다가 다시 이어졌다.

먼저 아버지가 묻는다.

아버지　이번에도 지난 번에 내가 말한 내용을 음미해봤니?

아들　그럼요! 이번에는요, 아버지의 말씀을 음미한 정도가 아니라 그 이상이었어요.

아버지　어땠는데?

아들　아버지에게 들은 내용을 갖고 그동안 전 친구들과 이야기를 나눠봤어요.

아버지　그랬더니?

아들   좀 실망했어요. 전 친구들이 제 얘기를 귀를 쫑긋 세우고 들어줄
        줄 알았거든요. 그런데 반드시 그런 건 아니었어요. 제가 아버지
        말씀을 충분히 전달하지 못했나 봐요.

아버지   그랬구나. 그래서 속상했니?

아들   네, 조금요. 그렇지만 제 얘길 경청해주는 친구도 있었어요. 특히
        한 친구는 오히려 저보다 더 이 주제에 관심이 많았어요.

아버지   그래? 그게 누군데?

아들   (주뼛주뼛 망설이며) 꼭 이름을 말해야 돼요?

아버지   아니! 말하고 싶지 않음 말 안 해도 돼.

아들   지금 아버진 절 하나의 독립된 인격체로 대접하시는 거 맞죠?

아버지   바로 그래.

아들   저는 지난 2주 동안 생각했어요. '인간이 개별자라는 이야기는
        곧 인간은 독립된 인격체라는 뜻이다. 그렇다면……' 하고 저는
        다시 생각했죠. '그렇다면 인권선언이라는 게 별거겠느냐. 인간
        은 개별자로서 천부적으로 자기의 신체와 마음을 자기의 의지에
        따라 행사할 수 있는 자유를 갖고 있다는 것, 그것이 바로 인권
        선언의 요지가 아니겠느냐. 모든 분야, 정치적·경제적·사회적·
        문화적인 모든 분야에서 인간은 하늘로부터 그 어떤 이유로도
        침해받을 수 없는 자유를 부여받고 태어난 존재인 것이다.'

아버지   그래서 나도 너의 자유를 침해하고 싶지 않아. 널 존중받아 마땅

한 인격체로 대접하고 싶단 얘기야. (웃으며) 그러니까 넌 네가
원하지 않는 경우 네 친구의 이름만이 아니라 그 어떤 것이라도
말하지 않을 수 있어.

물론 넌 나의 아들로서 나의 아랫사람, 즉 수직적으로 볼 때 아
래에 놓인 사람인 건 맞아. 그러나 그보다 우선하는 기본적인 사
실은 네가 하나의 독립된 인격체라는 거야. 기본적으로 넌 나와
좌우로 나란히 서 있는 수평적인 존재인 거고, 네가 내 아들(아랫
사람)이라는 것은 그 다음 이야기란 의미야.

아들   그렇게 말씀해주시니 너무나 감사해요. 음……, 처음에는 말씀
안 드리려고 했는데 아버지께서 그렇게 말씀하시니까 마음이 달
라지네요. 이왕 말이 나온 김에 말씀 드릴게요. 그 친구는 제 여
자 친구예요.

아버지   그럼, 사귀는 사이?

아들   아직은 사귄다고까지는 말할 수 없고요…… 좀 애매하긴 한데
(조금 뜸을 들인 다음) 여기까지만 말씀 드릴게요. 어쨌거나 저희
는 지난 며칠 동안 인간은 개별자라는 주제로 많은 대화를 나눴
어요. 그리고…… 사실은 그것 때문에 공부에 지장을 받은 점도
있어요. 시간 가는 줄도 모르고 그 애랑 이야기를 나누다가 자율
학습 시간에 빠진 적이 있었던 거예요.

아버지   그랬구나.

아들   아버지!

아버지 응?

아들   아버지는 왜 이럴 때 화를 안 내세요?

아버지 화를 안 내다니?

아들   아들이 하라는 공부는 하지 않고 여자 친구와 노닥거렸잖아요?

아버지 그게 과연 노닥거린 것일까?

아들   다른 어른들이 그렇게 생각하시는 거 잘 아시잖아요?

아버지 그렇긴 하지. 그렇지만 그들은 그들이고 나는 나야. 나는 네가 이
         유 없이 여자 친구와 자율학습까지 빠져가면서 노닥거렸을 거라
         고는 생각하지 않아.

아들   저를 믿으시는군요?

아버지 응. 그렇지만 믿음보다 더 중요한 것이 바로 개별자 원리에 입각
         한 나의 자녀 교육관이야.

         개별자의 원리에 따르면 너는 지금 4분의 1 남은 아이로서의 부
         분을 어른화하는 '인생학습'의 과정 중에 있어. 따라서 나는 네가
         자율학습에 빠지고 여자 친구와 대화를 나눈 걸 학교학습을 등한
         시한 시간으로 보기보다는 인생학습을 한 시간으로 보고 싶구나.
         '전국지도-주의자'로서 나는 너의 인생을 좀 긴 관점에서 보고
         있단다. 나의 시야는 너의 고등학교 3년만을 보는 게 아니라 대
         학교까지, 더 나아가 인생 전체의 국면에서 보고 있단 얘기야.

그 관점에서 볼 때 너 또한 언젠가는 여자 친구를 사귀어야 할 게 아니니? 그렇다면 중고등학교 시절에 예비적 경험이 없이 어떻게 대학교 때 여자 친구를 잘 사귈 수 있겠니? 따라서 나는 네가 지금쯤 여자 친구를 갖는 것도 괜찮다고 생각해.

이것이 '학교학습'에 대비되는 '인생학습'인데, 사실 너와 내가 나누고 있는 이 대화의 시간 또한 당장의 학교학습만으로만 보면 손해가 될 수 있어. 그렇지만 나는 인생학습이 학교학습보다 더 중요하다고 생각하고 있단다.

지난 2주 동안 너는 여자 친구와 이야기를 나누느라고, 또는 내 이야기를 음미하느라고 공부에서 좀 손해를 봤을 거야. 그것은 다음 성적표에서 네 석차가 얼마쯤 떨어지는 것으로 나타나겠지. 지방지도만을 보는 부모의 입장에서는 그것이 두려울 거야. 많은 부모가 인성 발달의 중요성을 인정하면서도 막상 실제의 판단에 임해서는 인성 발달보다는 학교학습을 우선하는 결정을 내리는 것은 이 때문이지.

남녀 간의 교제에 대해서도 지방지도(고등학교 3년)만을 보는 부모는 그것을 인정하지 못하게 마련이야. 그렇지만 난 달라. 나는 전국지도(인생 전체)를 보는 사람으로서 네가 여자 친구를 만나 학교학습에서의 손해(성적 하락)를 본다 해도 그것을 미래를 위한 투자로 생각하고 싶구나. 무엇이든 비용 없이 얻는 건 없어.

그 점에서 볼 때 넌 성적 하락이라는 비용을 치르면서 인생을 공부하고 있는 셈인 거지.

재미있는 것은, 내가 깨달은 바에 따르면 대개의 경우 전국지도적인 방식이 중장기적으로 학교학습의 향상에 기여한다는 거야. 물론 단기적으로만 보면 손해인 경우가 많아. 그러나 보다 긴 관점에서는 이익인데, 그것은 인성학습을 통해 자율성이 배양되기 때문이야.

즉, 엄마 아빠가 막기 때문에 여자 친구를 사귀지 않는 것은 타율적이고, 자기의 의지대로 여자 친구를 사귀는 것은 자율적인데, 이 자율성의 훈련이 공부로 연결될 때가 오면 자녀는 더 열심히 공부를 하게 됨으로써 성적이 오르게 돼.

이런 식으로 넌 지금 성장하고 있어. 네 스스로 여자 친구를 사귈지 말지, 또 사귀면 어떤 결과가 나오는지를 경험해보고 있는 거지. 이런 식의 인생학습 기간을 거치면서 넌 100퍼센트 너 자신만의 판단과 결정으로써 네 삶을 운영하게 되는 성숙한 어른이 되어가는 중인 거야.

어떠니, 내 생각이 맘에 드니?

아들 (감동하여) 아버지, 정말 감사해요!

아버지 그렇지만 나는 나대로 네가 내 말을 잘 알아듣고 따라와 주는 게 고마운걸! 인생학습이라는 게, 모든 아이들이 잘 따라와 주는 공부는 아니거든. 너도 봤잖니? 네 친구들에게 내 말을 전했는데도 별 반응이 없었던 거 말야.

아들　(빙긋 웃으며) 그런데요, 그렇게 저와 제 여자 친구가 토론에 토론을 거듭한 끝에 내린 결론이 뭔지 아세요?

아버지　뭔데?

아들　공부를 더 열심히 하자는 거요. 더 열심히 공부해서 좋은 대학에 합격하자, 그런 다음에 만나서 진짜로 사귀어보자고 저희는 서로 약속했어요. (웃으며) 그런데 말씀을 듣고 보니까 아버진 이런 결론이 나올 줄 미리 아신 거네요?

아버지　(웃으며) 그게 그렇게 되나?

아들　그러니까 저희는, 말하자면 부처님 손바닥에 든 손오공이었어요.

아버지　넌 날 칭찬하는 것 같은데, 나는 그것보다 너희가 그런 결론을 내린 다음이 어땠는지가 더 궁금한걸.

아들　먼저 저희는 그 과정을 통해서 '자기 주도성'이 전보다 훨씬 강화된 걸 느끼고 있어요. 그러다 보니 공부도 잘되고, 뭔지 모르게 책에 쓰인 활자들이 확 가까이 다가오는 느낌? 아님 공부 안으로 제가 빨려 들어가는 느낌? 읽고 생각하는 것들이 뇌리에 착착 와서 꽂힌다는 기분으로 공부하고 있어요.

거기까지에 이른 과정을 돌아보면 이래요.

인간은 개별자라는 의미는 자기의 인생은 자기의 것이고, 자기가 책임을 진다는 거예요. 그것을 확대하면 공부는 왜 하느냐는 문제도 자연스럽게 풀린다고 저희는 생각했어요.

공부는 왜 하는 거죠? 만약 그저 남들이 하니까, 부모님이 하라고 하시니까, 학교에서 시키니까 공부를 한다는 식이라면 거기에는 자율성이 없어요. 공부를 하겠다는 의지를 내가 자율적으로 일으킨 것이 아니라 누군가 다른 사람이 일으킨 거죠. 자기가 하고 싶어서가 아니라 남이 하라고 하니까 하는 공부. 그런 공부가 재미없는 건 너무나 당연해요. 그렇게 재미가 없다 보니 능률이 오르지 않는 것도 당연하고, 성적이 안 오르는 것도 당연해요.

저는 양쪽 생각을 다 갖고 있었던 것 같아요. 타율성과 자율성 모두를 말이에요. 그러다가 지난 주에 여자 친구와 토론을 하는 동안 저는 아버지에게서 들은 개별자로서의 의식이 분명해지는 걸 느꼈어요. 그리고 마침내는 개별자 의식이 자기 주도성으로 바뀌어 갔던 거예요.

자기 주도성을 갖고 공부를 하면서 저희는 공부의 희열을 느끼고 있어요. 그것을 서로 확인하던 날, 저희 두 사람은 얼굴이 벌게질 정도로 흥분했어요. '아, 그래!' 하고 저희는 외쳤어요. 그래, 내 인생은 나의 것이야! 나는 내 인생을 향상시키기 위해, 내 인생을 빛나는 것으로 만들기 위해 공부를 하는 거야! 다른 누구를 위해서가 아니라 나 자신을 위해서!

아버지 오, 훌륭하구나!

아들 그동안 저희는, 공부는 나를 위해서가 아니라 부모님을 위해서 하는 거라는 생각을 갖고 있었나 봐요. 물론 전부는 아니죠. 그 비율이 10퍼센트일지 20퍼센트일지는 모르지만, 어쨌든 저희가 공부를 하는 동기의 100퍼센트가 나를 위해서는 아니었다는 걸 저희는 깨달았어요. 부모님께서 나에게 거는 기대가 있기 때문에, 또는 내가 공부를 잘해서 성적이 오르면 부모님이 기뻐하시니까 공부를 한다는 느낌이 조금이라도 있었던 거예요.

토론을 하는 동안 저희는 그 점을 봤어요. 저희는 그런 의식에 '뒤돌아보기'라는 이름을 붙였어요. 부모님을 위해 공부를 하는 것은 뒤에서 지켜보고 계시는 분을 위해서 공부를 하는 것이니까요. 저희는 그 뒤돌아보기가 공부의 능률을 떨어뜨린다는 데 동의했어요. 달리기를 하는 선수가 뒤를 돌아보다가 속도가 떨어지는 것처럼 의식 또한 뒤를 돌아보게 되면 동력이 떨어지는 것 같아요.

아버지 그래서 이젠 앞만 바라보기로 했다?

아들 네!

아버지 그 말을 들으니 멘토로서의 자부심이 느껴지는걸.

아들 저희, 지금 잘 가고 있는 거, 맞죠?

아버지 그렇고말고! 그런데 말야. 좀 맥이 빠질지도 모르는데, 말할까 말까?

아들　뭔데요? 말씀해주세요.

아버지　그건 너희가 깨달은 '그 다음'이 있다는 거야.

아들　이 다음이 또 있다구요?

아버지　그래. 인생이라는 게 늘 그래. 한 가지를 배우면 그 다음 단계가 있고, 또 한 가지를 깨달으면 그 다음이 있어. 뭔가 새로운 것을 배울 땐 거기가 끝인 것처럼 보이지. 그러나 조금 뒤에 시야를 넓히면 다시 산 너머 풍경이 눈에 들어오는 법이야.

아들　그렇다면 개별자 의식 다음에는 뭐가 있는데요?

아버지　개별자 의식을 버리는 것!

아들　네? 그건 또 무슨 말씀이에요?

아버지　아들아, 나는 지금까지 인간과 인간을 개별자로 떼어놓는 작업을 했다고 할 수 있는데, 이것은 철저한 기초를 다지기 위해서 그런 것이지 이것이 내가 보는 인간관의 마지막은 아니란다. 각각의 인간은 떨어져 있는 섬이지만 섬과 섬 사이는 연결되어야만 하고, 또 연결되어 있어. 바꿔 말해서 참다운 인간의 마지막 모습은 다시 사랑으로 돌아와 남과 함께하는 거야.

아들　잘 알아들을 수 있도록 설명해주세요.

아버지　조금 전의 예로 돌아가 말한다면 공부를 하는 차원은 세 가지가 있다고 할 수 있어. 첫 번째 차원의 공부는 나를 위해서가 아니라 부모님을 위해서 한다는 의식을 기반으로 한 타율성의 공부이고, 두 번째 차원의 공부는 너희가 막 깨달은 것처럼 공부는 부모님을 위해서가 아니라 나를 위해서 한다는 의식을 기반으로 한 자율성의 공부야.

아들   그렇다면 세 번째 차원의 공부는요?

아버지   다시, 부모님을 위한 공부!

아들   네?

아버지   더 정확하게 말하면 부모님이 아니라 누군가 남들을 위한 공부인데, 이 세 번째 차원의 공부는 첫 번째 차원과 비슷해 보이지만 속내는 전혀 달라.

예를 들어볼까. 어떤 아들이 두 번째 차원에 들어가 자율성을 확고하게 한 다음 부모님에 대한 지극한 사랑을 일으킨다고 해봐. 부모님이 강권해서가 아니라 내가 공부를 잘해서 부모님을 위하고 싶은 마음이 깊은 속내로부터 뭉클 일어난 거야. 그 경우 그의 공부는 자기를 위해 하는 두 번째 차원의 공부보다 더 높은 성과를 내지 않을까?

사람은 자기를 위해서 무언가를 할 때보다 남을 위해서 무언가를 할 때, 피동적으로 하는 남을 위한 일이 아니라 능동적으로 하는 남을 위한 일을 할 때 더 큰 힘을 내게 되는 법인데, 세 번째 차원은 그 힘을 이끌어내는 단계야. 그 단계에 이르렀을 때 사람은 자신 안에서 우주적·영적인 힘을 이끌어내게 되고, 그 힘을 이끌어내는 사람이 인류에게 빛을 남기는 위대한 일을 하게 되는 거야.

아들 그렇군요! 거기까지는 미처 생각하지 못했어요!

아버지 그러나 그 세 번째의 이타적(利他的) 차원은 내가 너에게 바랄 바는 아니야. 그것은 충분조건으로서의 요구이지 필요조건으로서의 요구는 아니니까. 너는 지금으로서는 두 번째 차원, 즉 자기의 일은 자기가 책임지고 처리하는 독립자를 향해 나아가야 해. 여기까지는 모든 인간에게 필수적으로 요구되는 덕목이지. 그에 비해 세 번째 차원, 즉 위대한 사람이 되어 남을 위해 살아야 할 의무는 너에게는 없어. 그렇게 살면 좋지만 그렇게 살고 안 살고는 자기 스스로 결정할 일이지 남이 그것을 요구할 순 없단 얘기야. 사실 나 자신부터가 남을 위해서 살고 있지 못한데 그런 내가 어떻게 너에게 남을 위해 살라고 말할 수 있겠니? 가능하다면 거기까지 가길 바라기는 하지. 그러나 그렇지 않다고 해서 내가 너에게 실망을 하진 않을 테니 걱정하진 마.

아들 그럼 지난 시간에 한 공부에 대한 복습은 이 정도에서 마치고, 오늘의 주제로 넘어갈까요?

아버지 그러자꾸나.

아들 오늘의 주제, 아버지의 인생학습에서 서 말 구슬 중 두 번째 구슬은 뭐죠?

아버지　　"세계는 나와 나 아닌 것으로 나뉜다!"

아들　　(음미하며) 세계는 '나'와 '나 아닌 것'으로 나뉜다.

아버지　　잘 생각해보면 이것은 모든 인간이 개별자라는 기초적인 사실로부터 자연스레 도출될 수밖에 없는 다음 단계의 이치라고 할 수 있어.

인간은 저마다 개별자야. 앞에서 말한 것처럼 나중에 위대한 인물이 되어 개별자의 한계를 넘어서는 경우가 있긴 하지만, 또 설령 그런 경지에 이른다고 해도 인간이 기본적으로 개별자라는 사실 자체는 변하지 않아.

이 말은 인간이 하나의 단독자로서 이 세계에 떨어진 존재라는 것을 의미해. 다시 말해서 개개 인간은 혼자야. 그리고 혼자인 그를 둘러싸고 이 세계가 있지.

세계의 입장에서 볼 때 개개 인간은 자신의 일부에 지나지 않아. 그렇지만 개개 인간의 입장에서는 달라. 그의 입장에서는 세계는 자기의 눈에 비친 대상일 뿐이야. 그리고 그 세계를 상대하는 것이 인생이야. 따라서 인생은 '나와 세계 간의 상호교섭(주고받음)'이라고 말할 수 있어. 세계는 나에 대해 사랑하거나 도전(挑戰)해오고, 나는 그에 대해 사랑하거나 응전(應戰)하는 거지.

물론 이 점은 나 아닌 다른 사람들 또한 마찬가지야. 나에게 그가 나 아닌 것(세계)의 일부이듯이 그에게는 내가 그 아닌 것(세계)의 일부야. 그래서 그 또한 나에 대해 사랑하거나 도전해오고, 그에 대해 내가 사랑하거나 응전하게 되는 거야.

지금까지 나는 나 아닌 것을 세계라고 불렀는데, 그 세계 가운데 인간이라는 좀 더 좁은 세계가 있어. 즉, 나를 둘러싸고 있는 세계는 인간과 인간 아닌 것으로 나뉘는데, 전자를 사물, 후자를 인간이라고 부르기로 하자. 어쨌든 이 둘 모두가 나에게 사랑, 즉 긍정적으로 다가오거나 도전, 즉 부정적으로 다가와.

예를 들어 아름다운 자연 풍경은 너에게 긍정적으로 다가오겠지. 그렇지만 모기는 어떠니? 모기는 왱왱거리며 너의 피를 빨려는 의도로 다가올 거야. 그러니까 모기는 너에게 부정적으로 도전해오는 사물인 거야.

사람도 마찬가지지. 엄마와 아빠는 너에게 사랑으로 다가오는 존재야. 그에 비해 너에게 부정적으로 다가오는 존재도 얼마든지 있을 수 있어. 특히 네가 어른이 되면 그런 사람은 더욱더 많아질 거야.

어쨌거나 인생이 나와 나 아닌 것으로 나뉜다는 명제로부터 우리가 다룰 두 가지 주제가 성립하게 돼. 첫째는 나, 두 번째는 남(세계).

아들 그렇겠네요.

아버지 우리는 그중 '나'부터 생각해보기로 하자.

먼저 알아야 할 것은 내가 없다면 이 세계도 없다는 거야. 정말로 없다는 것이 아니라 내가 없다면 이 세계가 있은들 아무 의미도 없다는 점에서 그렇다는 뜻이야. 그 점에서 볼 때 인생의 출발점은 나야. 먼저 내가 존재하고, 그 다음에 세계가 나를 둘러싸고 있단 얘기야. 물론 실제는 그 반대지. 먼저 세계가 있었고, 그 세계가 나를 만들어냈으니까. 그러나 실존적으로 볼 땐 그렇지 않아. 따라서 우리는 나와 세계 중에서 먼저 나 자신부터 살펴봐야 하는데, 자, 물어볼까? 도대체 나는 누구지?

아들 (갑자기 난감해져서) 글쎄요…….

아버지 '나는 누구인가?' 이 질문은 매우 가까이에 있는 질문인 것 같기도 하지만 가장 멀게 느껴지는 질문이기도 해. 나는 하루에도 수백 번 '나'라는 말을 쓰지. 세상의 모든 언어에서 나(1인칭 주어)라는 말은 아주 짧은 한 음절로 되어 있어. 아마도 그 이유는 이 말을 쓸 때가 아주 많기 때문일 거야. 하루에도 몇백 번씩 쓰는 말이 긴 음절로 되어 있다면 매우 번거로울 테니까.

어쨌거나 하루에도 수백 번씩 말하는 나. 그럼에도 불구하고 내가 누구인지 말하라면 쉽게 말하는 사람은 드물어. 그렇지만 그 질문의 답은 생각처럼 어려운 것만은 아니야. 먼저, 우리는 나를 몸과 마음으로 구별해보기로 하자. 나는 몸과 마음의 총합체이니까 말야. 어때, 내 생각에 동의하니?

아들 내가 몸과 마음의 총합체인 건 맞아요.

아버지 그런데 이 둘 가운데 주체가 되는 것은 무엇일까? 내가 나를 나라고 부를 때, 거기에는 몸도 포함되고 마음도 포함되는데, 그중에서 내가 나라고 부르는 부분을 굳이 하나만 고르라고 한다면 넌 어느 쪽을 고르겠니?

아들 그야 당연히 마음이죠.

아버지 왜?

아들 음…… (잠시 생각한 다음) 물론 몸은 중요해요. 그렇지만 마음이 없는 몸은 죽은 몸이 아닌가요? 죽는다는 것은 몸이 죽는 걸 의미하지만, 실제로 죽는 것은 아마도 마음일 거예요.

아버지 나 또한 너처럼 마음이 몸보다 중요하다고 생각해. 예를 들어볼까? 우리가 잠들어 있을 때나 기절해 있을 때 마음은 작동하지 않아(꿈을 꾸는 상태는 예외). 그때 그는 죽은 것은 아니야. 몸은 물론 살아 있고, 마음은 일시적으로 작동을 멈추고 잠재적인 상태로 숨은 것뿐이야.

그렇지만 그런 사람에게는 어떤 '의미 있는' 일도 일어나지 않아. 그에게는 좋은 일이 좋은 일이 되지 못하고, 나쁜 일이 나쁜 일이 되지 못해. 거지도 자기가 거지인 줄을 모르고, 왕도 자기가 왕인 줄을 모르지. 그러다가 그가 깨어나 마음을 되살려 사물을 인식하고 이해하기 시작하면, 그때 그에게 좋고 싫음이 느껴지고, 자기가 거지라는 둥 왕이라는 둥 하는 분별을 하게 돼.

이렇듯 마음은 몸까지 포함해서 모든 의미를 결정해. 물론 몸이 아프면 마음에서 금방 짜증이 나고, 몸이 건강하면 마음도 쾌활해지는 것이 사실이야. 그러나 마음은 참 미묘한 거야. 몸이 아프면 짜증이 나고 몸이 건강하면 마음이 쾌활해지는 것은 어디까지나 일반적인 경우이고, 어떤 마음은 몸이 건강한데도 자기 몸을 불쾌하게 여기기도 하고, 다른 어떤 마음은 몸이 병약하면서도 자기 몸을 고맙게 여겨.

이것은 마음이라는 것이 나의 삶의 의미를 '결정'한다는 걸 의미해. 인간이 산다는 것은 동물처럼 생존하는 것만을 의미하진 않아. 인간이 인간답게 산다는 것은 생존 그 이상의 무엇으로써 존재하는 것을 의미하는데, 이때 인간을 생존 이상의 무엇으로 만드는 것은 '의미(가치)'야. 바로 이 의미를 결정하는 것, 그것이 의미 있다고, 또는 의미 없다고 결정하는 것이 바로 마음이란다.

아들　마음이 의미를 결정한다!

아버지　그래. 마음이 의미를 결정하지. 나는 지금 '결정'이라는 말을 썼는데, 넌 이 단어에 유의해야 해. 결정이 뭐지? 결정은 '선택'이야. 즉, 결정은 이쪽으로도 갈 수 있고 저쪽으로도 갈 수 있는데, 그중 하나를 선택하는 게 결정이야. 바꿔 말해서 거기에는 '자유'가 포함되어 있어.

마음은 개별자의 자유를 바탕으로 결정을 내리게 돼. '이쪽으로 가자, 저쪽으로 가자.' 하고 말야. 조금 전으로 돌아가 말하면, 어떤 마음은 몸이 건강한데도 자기 몸을 불쾌하게 여기기로 결정하고, 다른 어떤 마음은 몸이 병약하면서도 자기 몸을 고맙게 여기기로 결정하는 거지.

아들　알겠어요. 나는 곧 마음이에요. 몸은 마음이 결정하는 대로 따라오는 것일 뿐이에요.

아버지　자, 그렇다면 마음이 뭐냐가 문제인데, 마음은 흔히 지(知)·정(情)·의(意)로 나누어 설명된단다. 마음은 알고(知), 느끼고(情), 의도하는(意) 무엇인 거야. 이중 가장 근본이 되는 것은 무엇일까? 나는 그것은 '의'라고 생각해. 바꿔 말해서 마음은 가장 먼저 의지(意志)를 가진 무엇이야. 무언가를 하려고 하는 게 마음이란 얘기지.

그렇다면 의지란 무엇일까? 의지란 바람(희구·욕구·욕망)이야. 무언가를 바라는 것, 그것을 향해 나아가려는 심리적 기제가 곧 의지인 거지. 어때, 맞는 것 같니?

아들　좀 어려워요.

아버지　그래. 그러니까 내가 오늘 한 말에 대해 일주일 동안 잘 음미해 보도록 하렴.

아들　네, 그럴게요.

제3장
개별자

- 모든 인간은 저마다 침해받아서는 안 되는 인권을 가지고 있다.

- 부모는 '인생학습'이 '학교학습'보다 더 중요하다는 것을 기억하여야 한다. 때로 인생학습은 학교학습을 저해하기도 한다. 그러나 그 비용을 치름으로써만이 자녀는 자기 주도성을 가진 사람으로 성장할 수 있다.

- 자기 주도성의 입장에서 볼 때 공부는 부모나 선생님을 위해서가 아니라 100퍼센트 나 자신을 위해서 하는 것이다. 이런 마음가짐으로 공부하는 사람은 타율성, 즉 부모나 선생님의 칭찬을 기대하는 마음을 가진 사람에 비해 더 높은 학습 성과를 올릴 수 있다.

- 세 번째 공부도 있다. 그것은 다시 부모나 선생님 등 타자를 위해서 하는(이타적인) 공부이다. 이로써 세 단계의 공부가 있게 된다. 1. 비능률적인 타율적 공부, 2. 능률적인 자율적 공부, 3. 이타적이고 영적(靈的)인 타자를 위한 공부. 그러나 세 번째 공부는 보통 사람으로서는 거의 기대하기 어려운 정도로 높은 목표이므로 부모는 자녀에게 이것까지 기대해서는 안 된다.

- 개별자 원리로써 볼 때 세계는 '나'와 '나 아닌 것'으로 구별된다. 후자를 세계라고

부를 경우, 인생은 나와 세계 간의 상호교섭이다. 세계는 나를 향해 사랑으로 다가오거나 도전으로 다가오고, 그에 대해서 나 또한 사랑으로 응하거나 응전하게 된다.

- 나는 몸과 마음으로 되어 있고, 둘 중 주인인 마음이 삶의 의미를 '결정'한다. 몸은 마음이 결정하는 대로 따라오는 것이기 때문에 마음에 대해 깊이 알아둘 필요가 있다.

- 마음은 흔히 지(知)·정(情)·의(意)로 구별된다. 이중 '의(意)'는 곧 의지이고, 의지는 곧 바람(희구, 욕구, 욕망)이다.

제 4 장

어머니의 편지 · 사랑하는 아들아

몇 가지 이유 때문에 아들과 아버지의 대화는 다시 3주 동안 이어지지 못했는데, 그 사이 아들은 어머니로부터 긴 편지를 받았다.

사랑하는 아들아!

네가 요즘 인생학습을 시작한 걸 알면서도 큰 도움을 주지 못해서 미안하게 생각하고 있었어. 그렇지만 내가 널 도울 맘이 없어서 그런 게 아니라는 거 알지?

내가 너의 학습에 함께하지 않은 데에는 까닭이 있어. 내가 끼어들면 공부가 좀 산만해지지 않을까 싶은 생각이 든 거야. 아버진 너에게 개별자 원리를 말씀하실 게 분명한데, 아직까지도 개별자 원리를 알긴 하면서도 내 것으로 온전히 다 체화하고 있지 못한 내가 옆에 있으면 네 공부에 방해가 되지 않을까 생각한 거야.

그렇긴 하지만 너의 공부에 어떻게든 조금이라도 도움이 될까 싶어서 몇 자 적기로 했어. 난 이 편지를 통해 너에게 내가 어떻게 개별자 원리를 받아들였는지 내 경험을 통해서 말하려고 해.

내가 네 아버지에게서 개별자라는 말을 처음 들은 건 네 형을 임신하고 있던 무렵이었어. 물론 연애를 하던 무렵에도 아버지는 개별자 원리를 알고 계셨지만 지금처럼 명료하게 정리하진 않은 상태였는데, 시간이 흐르는 동안 그게 명료해지신 것 같아.

그렇지만 사람 맘이라는 게 어디 그러니? 나는 네 아버지의 개별자에 대한 말씀을 이성적으로는 납득하면서도 감성적으로는 약간의 반발심이 생기더구나. 너무 차가운 거 아닌가, 너무 딱딱한 거 아닌가, 하는 느낌을 받은 거지.

그 이치를 나 자신에게 적용하는 것까지는 좋아. 난 어른이니까. 그렇지만 어린 핏덩어리에게까지 개별자 원리를 적용한다는 건 너무 가혹한 게 아닐까, 나의 머리와는 달리 내 가슴은 이렇게 말하고 있었던 거야.

네 형이 갓난아기였을 때의 일이야. 아버지는 네 형이 태어난 지 한 달쯤 되었을 때 아기를 따로 재우자고 하시는 거야. 물론 개별자 원리를 적용하자는 건데, 나는 그 원리가 이런 식으로 적용이 되나 싶으면서 속으로 깜짝 놀랐지. 내 생각에 아이를 따로 재우려면 적어도 서너 살은 되어야 한다고, 아니 대여섯 살 무렵이 될 때까지 부모와 함께 같은 침대에서 잠을 잔다 해도 괜찮다고 생각하고 있었거든.

결국 그 문젠 내 의견대로 되긴 했어. 내 의견을 아버지가 수용하신 때문이지. 아버지는 정 그렇다면 내 뜻대로 하라고 하시더구나. 나는 놀란 가슴을 쓸어내리며 아기를 안았지. 그 날 밤 몇 번이나 잠에서 깼는지 몰라. 혹 아기가 어떻게 됐나 싶어서 말야.

그렇지만 4년 뒤, 나는 태어난 지 2주가 지난 다음부터 널 떼어놓고 재웠단다(같은 방 안에서 재우되 침대만 따로 쓴 거야). 놀랍지 않니? 그동안 내 생각이 그만큼 바뀐 건데, 그건 그동안 나에게 몇 가지 일이 있었기 때문이야.

네 형이 만으로 네 살이 되던 해에, 그러니까 내가 널 임신하고 있던 때의 일이야. 미국에 사는 언니가 우리 집엘 오셨어. 너도 아는 것처럼 언니는 미국에서 유학을 하던 중 거기에서 만난 미국인과 결혼을 해서 사시잖니?

언니와 나는 자랄 때 사이가 좋았어. 시간만 있으면 둘이 붙어 다녔고 잠도 같은 방에서 잤어. 내가 아프면 언니는 내 이불 안으로 들어와 날 꼭 안고 같이 자곤 했지. 고등학생이 될 때까지도 그랬어. 그랬을 정도로 언닌 날 예뻐했고 나도 언니를 좋아했어.

언니는 참 똑똑했지. 공부를 잘했고, 그래서 미국에서 공부할 때에도 장학금을 받았어. 어쨌거나 언니는 미국인과 결혼했는데, 얼마 안 지나 아기가 태어나자 부부는 아기 이름을 제니퍼라고 지었어.

그런데 제니퍼는 자꾸만 울며 보채는 아기였어. 그럴 때의 엄마 맘을 너도 알진 모르겠다만 그럴 때 엄만 엄청난 고통을 느낀단다. 그래서 엄마들은 이 넘치는 마음으로 아기를 안아주고 얼러주게 마련이야. 그밖에도 가능한 모든 방법을 다 동원해서 아기가 울지 않도록, 바꿔 말해서 아기의 고통이 적어질 수 있도록 노력을 하게 마련이지.

그렇지만 제니퍼는 정도가 좀 심했단다. 아무리 달래도 아무리 안아줘도 울기만 하는 거야. 그러기를 사흘. 언니는 몸과 마음이 파김치가 될 정도로 지치고 말았어.

그러던 어느 날 퇴근한 언니의 남편(이름은 존이야)이 언니에게 선물을 주겠노라고 말하더래. 언니는 남편에게서 받은 선물 꾸러미를 풀어봤어. 그랬더니 거기에는 조그만 모래시계 하나가 있는 거야. 그래서 언니가 "이건 뭐에 쓰라는 거죠?" 하고 물어봤대. 그랬더니 존이 말하더라는 거야. "아기에 대한 당신의 사랑을 업그레이드하는 용도로."

그리고 둘 사이에는 이런 대화가 오고갔대.

"나의 사랑을 업그레이드하다니 그게 무슨 말이에요?"

"음…… 좀 어렵긴 하겠지만 참을성을 갖고 내 말을 들어줄래요?"

"네, 얼마든지요."

"그 시계가 무엇이냐면요, 아기를 기르는 엄마용 모래시계거든요."

"그런 것도 있어요?"

"나도 몰랐는데, 어제 친구에게서 듣고 아기용품을 사는 곳에 들러서 오늘 사온 거예요."

"어떻게 쓰는 거죠?"

"여보, 지금 제니퍼는 칭얼대기를 그치지 않고 있어요. 그래서 당신이 밤새도록 숙면을 취하지 못해서 피곤하고 힘들다는 것 나도 잘 알고 있어요. 그래서 난 이 문제를 어떻게 푸나, 당신에게 도움이 되는 방법이 없을까를 고민하다가 친구와 상의를 했죠. 그랬더니 친구가 바로 이 모래시계 이야길 하는 거예요.

친구가 말했어요.

'부인에게 아기에 대한 애정을 3분만 참으라고 하세요.'

내가 무슨 뜻이냐고 묻자 친구가 말하더군요.

'아기는 지금 엄마의 애정을 시험하고 있어요. 내가 칭얼대면 엄마는 어디까지 나를 도와주나 하는 것을 시험하고 있는 거죠.'

'아직 말도 못 하는 아기가 어떻게 엄마를 시험하죠?'

'말을 못하더라도 본능은 있잖아요?'

'좋아요. 당신 말이 맞다 치고, 그래서요?'

'그렇게 아기가 엄마의 사랑을 시험할 때 엄마가 지면 곤란해요. 그러면 아기는 계속해서 더 칭얼댈 테니까요. 문제는 한번 이 버릇이 들면 나중에 아기가 큰 다음에도 그런 태도를 보인다는 데 있어요. 예를 들어 일곱 살이 되었는데도 응석을 부린다거나 쓸데없는 고집을 부리게 되는 거죠.

그렇다면 엄마는 어떻게 해야 하는가. 그게 바로 엄마가 사랑을 참는 거예요. 물론 이게 아기에 대한 사랑을 거스른다는 거 나도 알아요. 그렇지만 사랑만이 자녀 양육의 전부는 아니에요. 자녀에 대한 지나친 사랑은 자녀의 성장에 독이 될 수 있기 때문에 현명한 부모가 되려면 때로는 사랑을 참을 줄 알아야 해요. 지금이 바로 그 현명함을 발휘할 때에요.

그렇다면 얼마나 참아야 하는가? 전문가의 말로는 그게 3분이라는군요. 3분을 참으면, 즉 3분 동안 안아주지 말고 도와주지 말고 기다리면 된대요. 어때요, 한 번 시험해볼래요?'

나는 그와 많은 이야길 나누었어요. 그런 다음 그의 말에 공감했어요. 그래서 이 모래시계를 준비한 거예요."

처음에 언니는 그 말을 듣고 황당한 느낌을 받았대. 그렇지만 마침내는 남편에게 설득되어 모래시계를 사용하게 되었지. 그렇긴 해도 언니는 그 3분을 못 참아 자꾸만 아기 곁으로 가려고 하고, 그런 언니를 남편이 말려서 겨우 3분을 채웠대.

물론 처음부터 아기가 변한 건 아니었어. 그렇지만 매번 3분씩을 기다리니까 아기가 조금씩 변하기 시작하더래. 그리고, 놀랍잖니? 그렇게 하기를 하룻밤도 지나지 않아서 아기는 칭얼대기를 멈추더래. 내가 언제 그랬느냐는 듯이 평온하게 먹고, 놀고, 잠을 자더라는 거야.

아들아. 그 얘기를 듣고서 내가 뭘 생각했겠니? 당연하게도 나는 그때 개별자 원리를 생각했단다. 개별자 원리에서 볼 때, 제니퍼가 엄마의 사랑을 시험하고 있었다는 것은 자신에게 닥쳐오는 문제를 내 스스로 독립적으로 해결해야 하는가, 그렇지 않으면 누군가 남의 도움을 받아 해결해야 하는가를 묻고 있었다는 걸 의미해. 물론 무의식적으로 말야.

이중 독립은 어른에 해당되고, 도움을 받는 것은 아이에 해당되는데, 물론 제니퍼는 갓난아기로서 어른 부분은 1퍼센트밖에 안 되고 아이 부분이 99퍼센트인 상태라고 해야지. 그렇지만 아무리 갓난아기라고 해도 어른 부분이 전혀 없다고는 할 수는 없는데, 자녀 양육(교육)은 어떻게 하면 이 부분을 적절한 속도로 늘여줄 것인가에 달려 있다고 말할 수 있어.

그런데 제니퍼는 지금 그 부분을 늘이려는 생각이 없어. 당연하다고 할 수 있지. 도움을 받으면 문제 해결이 쉽지만 자기가 독립적으로 문제를 해결하기는 어려우니까. 전자는 참지 않아도 되지만 후자는 참아야만 되는데, 참는다는 건 어른에게도 스트레스가 쌓이는 일이야. 그렇다면 하물며 갓난아기에게는 그게 얼마나 어려운 일이겠니?

그런데 딱 3분의 시험 기간이 끝날 때쯤 제니퍼는 무의식적으로 이 문제를 정리하게 돼. 그때 제니퍼는 "아, 나는 개별자로구나, 이 세상 모든 사람은 궁극적으로는 다 남이로구나, 엄마가 나를 안아주시기는 하지만 무제한적으로 나를 안아주실 수는 없구나."였다고 봐야 해.

그 깨달음 이후에 제니퍼는 불편함을 참기 시작했어. 물론 그 참음이 처음부터 확고한 것은 아니었겠지. 그렇지만 한두 번 참아보는 동안 그 참을성이 늘게 되어 마침내는 그 정도 참는 건 별게 아니게 된 거야. 그래서 마침내 칭얼대기를 그친 거지.

두 번째 사례는 우리 집에서 있었어.

네 형이 막 일어서기를 하던 때의 일이었어. 어느 날 네 형은 일어서기를 하다가 넘어지면서 탁자 모서리에 머리를 부딪치고 말았어. 머리에서 피가 나는 걸 보고 나는 놀라서 달려갔지. 그런 일이 있은 다음부터 나는 네 형이 일어설 때마다 잔뜩 긴장을 해서 옆에서 지켜보게 됐어.

그러던 어느 날 네 아버지가 나에게 말씀하시더구나.

"여보, 지금 당신은 '3분'을 넘고 있어요."

"네?"

"당신은 지금 아기에 대한 사랑을 좀 참아야 한다구요."

나는 한숨을 쉬었어. '내가 아예 선생님과 사는구나.' 하는 생각이 들었지만 어쨌거나 틀린 말씀을 안 하시는 분이니 내가 들어드릴 수밖에.

네 아버지는 말씀하셨어.

"내가 당신과 아이를 사랑하기 때문에 이러는 거 알죠? 당신도 아는 것처럼 나는 무조건적인 개별자 원리 신봉자는 아니에요. 아이에게 먼저 필요한 것은 사랑이죠. 사랑도 그냥 사랑이 아니라 지극한 사랑, 지극히 헌신적인 사랑 말이에요.

그 사랑을 통해 아이에게 '아, 내 어머니(부모)는 나를 위해서라면 목숨을 바칠 수도 있는 분이구나!' 하는 느낌이 생겨야 해요. 그렇게 아이에게 10의 사랑을 예입한 다음 그중 1을 출금해서 쓰는 것이 좋은 양육법이라고 나는 생각해요.

바꿔 말해서 지금 내가 당신에게 말하는 것은 10의 사랑 얘기가 아니라

1의 출금 얘기니까 오해하진 말아요. 이를 전제로 당신을 관찰해볼 때 아기에 대한 당신의 사랑은 10을 넘어 11이나 12까지 가고 있는 거 같아요.

조금 전에 당신은 넘어지는 아기를 일으켜 세웠어요. 그렇지만 아기가 지금 하고 있는 일, 자꾸만 넘어지면서도 일어나려고 하는 행위의 의미는 뭐죠? 개별자 원리로서 볼 때 그건 '독립운동'의 초보적인 단계예요. 마침내 홀로 서야 하는 개별자로서, 마침내 정신적인 문제와 물질적인 문제를 홀로 해결해야 하는 존재로서, 아기는 지금 혼자서 일어서는 공부를 하고 있는 거예요.

따라서 일어서는 아기를 붙들어주는 것은 그 공부를 돕는 게 아니라 방해하는 셈이 돼요. 아기는 지금 결코 고통스러워하고 있지 않아요. 일어서다가 넘어지지만 울거나 고통스러워하기는커녕 방글방글 웃잖아요? 그런데 굳이 아기의 독립운동을 방해할 필요는 없지 않을까요?

여보, 미안해요. 아기에 대한 당신의 사랑은 참 아름다워요. 그리고 그 마음씨가 나에 대한 사랑과도 통한다는 것도 잘 알고 있어요.

그렇지만 여보!

나는 또다른 의미에서 당신을 사랑하고 또 아기를 사랑하기 때문에 이 말을 하는 거예요. 부디 이러는 나를 이해해 줘요. 그렇지만 아무리 마음이 아파도, 아무리 눈을 감으려 해도, 사람은 저마다 개별자이고 개별자는 마침내 독립해야 한다는 사실, 그래서 아기를 기르는 부모는 때로 사랑을 참아가면서 독립성을 길러줘야 한다는 사실은 바뀔 수 없어요."

내가 보니 그 말씀을 하시는 아버지의 눈에는 물기가 비쳤어. 나 또한 아버지의 말씀에 감동을 받았지. 그리고는 다시 한 번 아기를 개별자 원리에 입각해서 길러야겠다고 생각했단다.

세 번째 사례 역시 네 형과 관련된 일이야. 네 형이 여섯 살쯤 되었을 때인데, 그때 네 형은 당시에 유행하던 어떤 장난감을 사고 싶어했어. 그것은 플라스틱으로 만들어진 로봇이었는데 그 로봇이 주인공인 만화영화가 날마다 방영되고 있었지.

그때 네 아버지가 네 형을 부르시더구나. 그리고는 거실에 마주 앉아 이야기를 나누는 거야. 다음은 그때 내가 들었던 대화를 기억나는 대로 옮긴 거야.

"장난감을 사고 싶다고?"

"네."

"그래, 사고 싶을 거야. 얼마나 멋지니, 그렇지?"

"아빠, 사주실 거죠?"

"그럼! 누구 부탁인데!"

"야! 신난다! 언제 사주실 거예요? 엄마! 아빠가 장난감 사주시기로 했어요!"

나는 그 말을 듣고 좀 무안했어. 네 형이 나에게 그 말을 했을 때에는 단박에 사준다고 대답하지 않고 좀 머뭇거렸거든. 그게 아이에게 도움이 될지 안 될지에 대해 결론을 내리기가 쉽지 않았거든.

그런데 개별자 원리를 그토록 강조하시던 네 아버지가 선뜻 장난감을 사주기로 하시다니 웬일인가 싶었는데, 이윽고 네 아버지가 말씀하시더구나.

"그런데 말야, 아들아……."

"네, 아빠."

"아빠가 한 가지 물어봐도 돼?"

"네."

"네 생각에 세상에서 가장 힘센 사람은 누구지?"

"음…… 천하장사요?"

"그보다 더 힘센 사람도 있을 것 같은데? 몸의 힘만 힘이 아니라고 생각하고 맞혀봐."

"아! 그럼 장군이 힘이 가장 셀 거예요!"

"그렇겠구나. 그렇지만 그보다도 더 힘센 사람도 있을 것 같은데?"

"알았어요! 왕이 가장 힘이 세요. 왕이나 황제는 무엇이든 자기 맘대로 하잖아요?"

"그래. 그렇다면 다시 물어볼까? 천하장사도 힘이 세고, 장군도 힘이 세고, 왕과 황제도 힘이 세. 많은 재산을 가진 사람, 많은 지식을 가진 사람도 힘이 세고, 아름다운 외모를 가진 사람도 힘을 갖고 있다고 말할 수 있어. 그렇다면 왕은 무엇이든 다 자기 맘대로 할 수 있을까?"

"그럼요!"

“그럼 참을 일이 없겠네? 사람은 자기 맘대로 하지 못하는 일에 대해서는 참는 수밖에는 없는데, 왕은 모든 걸 자기 맘대로 하니까.”

여기서 네 형은 갑자기 말을 멈추더니 눈을 빛내며 무언가를 생각하는 거였어. 그리고는 마침내 말하더구나.

“왕도 참을 일이 없진 않아요. 마음에 안 드는 신하도 있고, 전쟁을 걸어오는 이웃나라 왕도 있으니까요.”

“오! 대단한데, 우리 아들! 그러니까 우린 지금 모든 사람은 다 참을 때가 있다는 결론을 내린 거야, 그렇지?”

“네.”

“그럼 다시 대답해볼래? 만일 어떤 사람이 참을 일이 생겼을 때 참지 못하면 어떤 일이 벌어지지?”

“화가 나겠죠.”

“그리고 더 심하면 남을 공격하지 않을까? 예를 들어 나쁜 왕이 바른말로 자신에게 충고를 하는 신하를 감옥에 가두거나 죽이는 것처럼 말야.”

“네.”

“그래서 말야……. 조금 전에 말한 그 장난감 있잖니? 그것도 이 문제와 관련이 있거든.”

네 형은 의아한 눈으로 아빠를 바라봤고, 그런 네 형에게 아버지가 말씀하셨어.

“아들아, 장난감을 사고 싶은 네 마음은 너무나 당연한 거야. 그래서 나는 그걸 사주려고 해. 그런데 말야, 조금 전에 우리가 생각해본 것처럼 사람은 참는 능력이 있어야 해.

생각해볼까? 지금 넌 2만 원짜리 장난감을 갖고 싶어하지만 나중에 네가 크면 네가 갖고 싶은 것은 나이에 따라 점점 커질 거야. 언젠가는 10만 원짜리 핸드폰이 갖고 싶어질 거고, 다시 언젠가는 20만 원짜리 게임기를 갖고 싶어질 테지. 그리고 나중에는 100만 원짜리 노트북이 갖고 싶어질 테고, 마침내는 1,000만 원짜리 자동차가 갖고 싶어지겠지.

그렇지만 자기가 갖고 싶은 것을 살 만큼 돈을 가진 사람은 없어. 있더라도 아주 적지. 그래서 대개는 자기가 100만 원짜리를 갖고 싶으면 80만 원 수준으로 욕심을 줄이는 법이야.

그래서 말인데, 어떠니, 너도 이 기회에 장난감을 사는 마음을 한 번 참아볼 생각은 없니? 아주 참으라는 건 아냐. 내 말은 아주 안 사는 게 아니라 사긴 사는데, 장난감을 사는 동안 참는 연습을 한번 해보자는 거야."

"어떻게요?"

"지금 당장이 아니라 일주일 뒤에 사는 거. 그러면 넌 그동안 참는 연습을 하는 게 되지. 안 그래?"

아버지가 하신 말씀의 내용 때문이었는지 아니면 아버지의 말씀이 풍기는 다정한 느낌 때문이었는지는 모르지만, 네 형은 아버지를 보며 어깨를 쫙 펴더니 말하더구나.

"아빠, 아빠의 말씀을 듣고 나니까 장난감을 사고 싶지 않아졌어요!"

"그러니? 야, 대단한데!"

일은 이렇게 성공적으로 끝나는가 싶었어. 그렇지만 그 이튿날 아침에 네 형이 아버지에게 다가가더니 말을 붙이는 거였어.

"저, 아빠, 그런데요……."

"응."

"아침에 일어나니까 또 장난감이 사고 싶어졌어요."

그러자 네 아버지가 웃으시면서

"그렇지? 그런 맘이 나지?"

하며 네 형을 안아주시더구나. 그리고는

"그래, 장난감을 사자. 그렇지만 넌 하룻밤 동안 참는 연습을 했어. 그것만 해도 얼마나 대단한데!"

하며 칭찬을 하시는 거야.

그때 내가 끼어들었어. 나는 네 형의 머리를 쓰다듬으며 말했지.

"그렇지만 아들, 일주일 동안 참은 다음에 사는 것까지 포기하는 건 아니지?"

"그건 해야죠. 남자가 한번 결심했는데!"

"너 남자를 너무 강조하진 마. 여자로서 듣기 거북하니까."

나는 농담을 했고, 그 문제는 그렇게 잘 처리됐어.

이런 식으로 우리 부부는 개별자 원리에 입각해서 네 형을 길렀는데, 그 원리는 인성 분야만이 아니라 학습 분야에도 적용되었어.

나와 네 아버지는 개별자 원리에 비추어 볼 때 아이들의 공부를 지도하는 데 있어서 가장 중요한 인성적 요소가 바로 자율성 또는 자발성이라고 봤어. 제 스스로 공부가 하고 싶어서 하는 게 최선이란 얘기야.

그 점에서 볼 때 교육의 주체는 선생님이 아니라 학생이라는 게 내 생각이야. 학생에게 자발성이 없다면 아무리 유능한 선생님일지라도 가르칠 수 없을 테니까 말야.

그리고 학생의 자발성은 사실 부모의 자녀 교육에서 판가름이 난다고 봐야 해. 그 점을 잘 알고 있었던 우리 부부는 가능한 한 너희를 한 인격체로서 대접하면서 너희의 의사를 존중했어. 자녀를 존중하는 것 자체가 자발성의 함양에 도움이 되니까 말야.

네가 유념하고 있는지 몰라도 우리 부부는 너희들에게 가능한 한 청유형 언어를 사용해왔어. 청유형 언어 알지? 영미인들은 청유형 문장을 자주 쓰는 관습을 갖고 있지. 우리는 명령문으로 하는 말을 영미인들은 'Would you please……'로 시작되는 문장으로 말한단 얘기야.

보통 우리나라 부모는 아이 옆에 물이 있고 그 물을 먹고 싶은 때 "아무개야, 물 한 컵 가져와."라고 말하지. 그렇지만 나는 너희에게 "아들아, 물 한 잔만 갖다 줄래?"라고 말하려고 유념해왔어.

전자에서는 물을 갖고 오고 안 갖고 오는 결정권이 나에게 있고, 후자에서는 그 결정권이 너에게 있어. 전자의 언어를 풀면 이렇지 않을까? "넌 물 한 잔을 꼭 갖다 줘야 해. 왜냐하면 나는 윗사람이고, 윗사람은 아랫사람에게 자신의 의지를 강요할 수 있으니까." 그에 비해 후자의 언어를 풀면 이렇게 되겠지. "네가 물을 한 잔 가져다주면 참 고맙겠다. 그렇지만 네가 원지 않으면 그러지 않아도 돼."

이때 결정권이 아들에게 있다는 것은 아들의 자율적인 판단과 결정을 존중한다는 것, 즉 아들을 개별자로서, 하나의 독립된 인격체로서, 나와 동등한 자격을 가진 고귀한 존재로서 여긴다는 것을 의미해. 물론 결정권이 부모에게 있다는 것은 그 반대를 의미하지.

따라서 청유형 언어를 쓰는 그 자체만으로 아이들의 자율성을 신장시킬 수 있다는 게 우리 부부의 생각이야. 이런 식으로 우리는 너희의 자율성을 신장시키려고 노력했어.

너도 아는 것처럼 우리는 너에 관한 모든 문제에 대해 어느 유치원에 갈 것인지, 어느 학원에 다닐 것인지 등등의 모든 문제에 대해 너희에게 정보를 준 다음에 최대한 너희 스스로 결정하도록, 또는 너희의 의사를 최대한 반영하려고 애써 왔어.

그렇다고 해서 우리 부부가 너희의 의사를 무조건적으로 반영만 한 건 아니야. 앞에서도 봤듯이 우리는 사람에게는 참을성이 필요하다는 것을 기억하고 있었어. 그것은 네가 하고 싶지 않더라도 꼭 해야만 하는 것도 있다는 것, 공부라는 것은 반드시 하지 않으면 안 된다는 것을 의미해. 그러나 한편으로 자율성 원리는 힘들 정도로 참으며 하는 공부는 좋은 공부가 아니라는 것을 뜻하기도 하니까, 이 둘이 상충된다고 봐야지.

그래서 이 둘의 조화가 문제가 되는데, 다행히도 너희는 공부를 싫어하지 않았어. 그렇다고 공부하기를 좋아하고 기뻐한 건 아니야. 만일 그랬더라면 얼마나 좋았을까마는 그런 사람은 극히 드물지. 그래서 우린 최소한 너희가 공부가 싫은 것만은 아니라고 여기는 정도에서 만족하기로 했어.

우리 부부는 너희에게 과외 학습에 대한 부담을 주지 않았어. 최소한으로만 과외 학습을 한 거지. 그건 중장기적인 관점에서 내린 결정이었지.

당장의 성적으로만 보면 과외 학습이 도움이 되는 게 사실일 거야. 그렇지만 억지로 공부를 시키면 마음 밑바닥에 공부에 대한 부정적인 생각이 생길 거고, 그 생각이 점차적으로 공부에 대한 싫증을 일으키리라고 우리는 생각했어.

마음은 의식과 무의식으로 구성되어 있고, 그중 무의식의 힘이 더 강해. 그런데 그 무의식에 공부에 대한 싫증이 쌓여 있다면 어떻겠니? 당연히 그 아이는 공부에 집중하기 어렵겠지. 책상에 앉아 있는 시간은 길면서도 실제로는 공부 성과를 못 내는 아이는 대개 그런 아이들이야.

그 점에서 볼 때 너희는 책상 앞에 앉아 있는 시간은 보통의 아이들보다 적은 편이야. 그런데도 우수한 성적을 내고 있는데, 이것은 너희의 무의식에 공부에 대한 긍정적인 생각이 깔려 있기 때문이라고 나는 생각하고 있어.

무의식에 깔려 있는 긍정성과 부정성은 중장기적인 것이어서 천천히 영향을 나타내는데, 그 점은 너희의 사례에서도 알 수 있어. 너희가 학년이 오를수록 더 좋은 성적을 내고 있는 것이 그것이지.

너는 지금 고등학교 학생으로서 상위 1퍼센트에 드는 우수한 성적을 내고 있어. 그 점에서 네 형의 성적도 너와 비슷했단다. 다만 너보다 여섯 살이 많은 네 형은 비교할 수 있는 기간이 더 길다는 이점이 있으니 네 형의 예를 들어 말해볼게.

네 형은 초등학교 때 50명의 학생으로 편성된 반에서 1등을 하기도 하고 2등을 하기도 했어. 주로 1등을 하기는 했지만 붙박이 1등은 아니었던 거야. 말하자면 그때 네 형의 성적은 상위 2퍼센트에 들었다고 할 수 있어.

그러던 것이 중학교에서는 상위 1퍼센트에 드는 성적은 내더구나. 10개 반 350명의 학생 중에서 3등도 하고 4등도 하는, 꼭 1퍼센트 정도의 성적을 올린 건데, 이런 성과를 단순하게 비교해보면 성적이 배로 향상되었다고 해야겠지.

고등학교 진학은 참 고민이 되는 문제였지. 주변의 많은 분들은 네 형이 특목고로 진학해야 한다고 생각했지만 네 아버지와 나 그리고 네 형은 우리가 살던 지역에서 고등학교를 골랐어. 그러나 얼마 뒤 네 형은 뉴질랜드로 유학을 갔지. 거기에서 3개월 동안 영어 연수를 받은 다음 네 형은 우수한 성적으로 고등학교를 마쳤어.

그 기간에 네 형은 우리나라에서는 느끼지 못한 자유를 맘껏 누렸어. 오후 4시면 공부가 끝나니 우리나라에선 상상도 못할 고등학교 생활인 거지. 밤 1시까지 공부를 하고나서 잠자리에 들던 이곳의 고등학교 생활에 비할 때 천국이 따로 없었을 거야.

그렇다면 그 남는 시간을 네 형은 어떻게 썼을까?

그 시간을 네 형은 개별자 원리에 입각해서 보냈어. 내 인생은 나의 것이라는 것, 그러므로 시간을 허비해서는 안 된다는 것을 깨달은 소년으로서 보낸 거지.

우리 부부는 네 형이 유학을 간 이래로 단 한 번도 네 형을 찾아간 적이 없어. 네 형 또한 비용을 아끼기 위해 일 년에 단 한 번만 한국에 왔지. 생각해봤니? 이것이 네 형에게 얼마나 큰 자유를 준 것인지, 그것은 또한 얼마나 큰 책임감을 물은 것인지를.

자유란 그것이 없는 사람에게는 꿈처럼 아름다운 것이지만 막상 그것을 받아들고 보면 막막하기 그지없는 거야. 특히 어른이 아닌 아이라면 더욱이나 그렇지. 그러니까 그때 네 형이 처해 있던 상황은 '1. 몸(건강)의 문제를 나 혼자서 해결해야 한다, 2. 마음이 외롭다든지 하는 정신 문제도 내 혼자서 해결해야 한다, 3. 누가 시키거나 감독하지 않아도 내 스스로 알아서 공부를 해야 한다'는 세 가지 책임을 전제로 한 자유를 부여받고 있는 상황이었던 거야.

그렇지만 그런 수준의 책임이라면 어른인 나라고 해도 막막할 것 같은 느낌이 드는데 아직 어렸던 네 형은 어땠겠니? 그렇지만 네 형은 그 책임을 잘 완수했어. 그것은 네 형이 강력한 개별자 의식을 갖고 있었기 때문이라고 우리 부부는 생각하고 있어.

네 형이 유학을 떠난 다음, 네 아버지는 매주 두 번씩 네 형과 통화를 했어. 매주 화요일과 금요일 저녁 일곱 시에 맞춰 상담 겸 멘토링을 한 거지. 지금 너와 아버지가 나누고 있는 대화와 같은, 그러나 전화를 통해 한다는 것만이 다른 그런 대화였지.

그 멘토링은 이제 네가 막 알게 된 개별자 의식을 전제로 한 것이었어. 인간이 개별자라는 것은 인간이 외롭다는 걸 의미해. 그렇다면 '외로움은 어떻게 풀 수 있는가' 하는 것이 네 형과 네 아버지가 나눈 첫 번째 대화의 주제였던 것으로 기억해. 이런 식으로 네 아버지는 개별자 원리라는 첫 번째 구슬로부터 파생되는 문제를 다루신 거야.

그 멘토링은 뒤에 네 형이 말한 바에 따르면 매우 정확하게 실제에 맞아떨어졌어. 개별자 원리를 깨우침으로써 우리와 다른 서양인들의 사고방식을 잘 이해할 수 있었고, 자신에게 닥쳐오는 심리적인 문제도 해법을 찾을 수 있었던 거야.

그래서 그 결과는?

그건 네가 아는 그대로야. 네 형은 대학에서 2개 전공을 2년 반 만에 우수한 성적으로 마쳤어. 나는 그런 네 형의 성과를 상위 0.5퍼센트 안에 드는 것으로 보고 있단다. 이런 식으로 네 형은 시간이 지날수록 성장하고 있는데, 나는 네 형이 그리는 이같은 상향 그래프가 앞으로 더욱더 가파르게 치솟을 거라고 믿고 있어. 그것은 네 형에게 공부와 일에 대한 긍정적이고 적극적인 마인드가 있다는 것, 즉 네 형의 무의식(잠재의식) 속에 중장기적으로 힘을 발휘할 수밖에 없는 좋은 인성적 요소가 풍부하게 있다는 것을 전제로 한 예측이야.

이것이 내가 아들을 어머니로서의 애정에 파묻혀서 보기 때문일까? 아닐 거야. 나는 가능한 한 객관적으로 아들을 보려고 해. 물론 그렇긴 해도 어머니로서의 정이 아들을 팔이 안으로 굽는 식으로 보는 점은 있겠지. 그렇지만 너도 네 형의 장점을 인정하고 있잖니?

나는 언젠가 네가 "형은 저의 이상형이에요."라고 말하는 걸 들은 적이 있어. 네 형은 가장 가까운 데서 지켜보는 동생에게 그토록 멋진 남자로 비친 건데, 그렇다면 네 형의 그런 이상형으로서의 기초는 무엇일까?

그것은 개별자 원리야. 개별자 원리를 받아들이되 그것에 주눅 들지 않는 정신, 주눅 들기는커녕 그것을 바탕으로 굳건하게 전진하는 정신, 그 정신으로부터 나날이 성장하는 네 형의 모습이 너를 감탄시킨 거지.

아들아.

개별자 원리는 사람과 사람을 떼어놓는 것으로부터 출발해. 하지만 중요한 것은 그게 마지막은 아니라는 점이란다. 네 형을 보렴. 네 형은 강력한 자기 주도성으로 자기의 삶을 꾸려나가며 자신도 멋진 삶을 누리고 그럼으로써 우리 가족 모두에게도 자랑스러운 느낌을 주는 멋진 사람으로 다가오고 있잖니?

나는 네 형의 앞으로의 삶이 보다 더 앞으로 나아가 가족만이 아닌, 이 사회에 크게 기여를 하는 삶을 살게 되기를 진심으로 바라고 있어. 개별자 의식은 이런 식으로 처음에는 사람과 사람을 떼어놓지만 마지막에는 사람과 사람을 이어주게 되는 거란다.

그리고 너는 지금 네 형의 뒤를 잘 따라가고 있다고 나는 생각하고 있어. 너는 지금까지 네 형이 갔던 길을 걸어왔고, 이제부터는 보다 깊은 의미에서 그 길을 가게 되겠지.

언젠가 네 아버지는 말씀하신 적이 있어. "다음 생에는 나이 열일곱이 되기를 기다려 나에게 개별자 원리를 가르쳐주는 아버지의 아들로 태어나고 싶소. 그것을 소년 시절에 깨달은 다음 인생을 살면 어떻게 될지 참으로 궁금하군."

그래, 자녀 교육에 있어서 가장 중요한 키워드는 '독립(자립)'이야. 정신적으로나 물질적으로 스스로 홀로 서도록 자녀를 기르는 것, 그것이 부모의 사랑이 지향하는 목표인 거지. 자립한 자녀는 스스로의 힘으로 홀로 섰다는 그 자체만으로 부모에게 효도를 한 셈이 되고, 그렇게 기른 부모 또한 그 자체만으로 자녀를 최대한 사랑한 셈이 될 거야.

아들아, 지금 너에게 주어진 젊음을 마음껏 누리렴. 그리고 젊음의 열정, 젊음의 패기로 삶에 힘차게 부딪치렴. 너 자신의 삶을, 너 자신이 주체가 되어서 말야.

다시 한 번, 사랑한다, 아들! 영원한 나의 귀염둥이!

엄마가

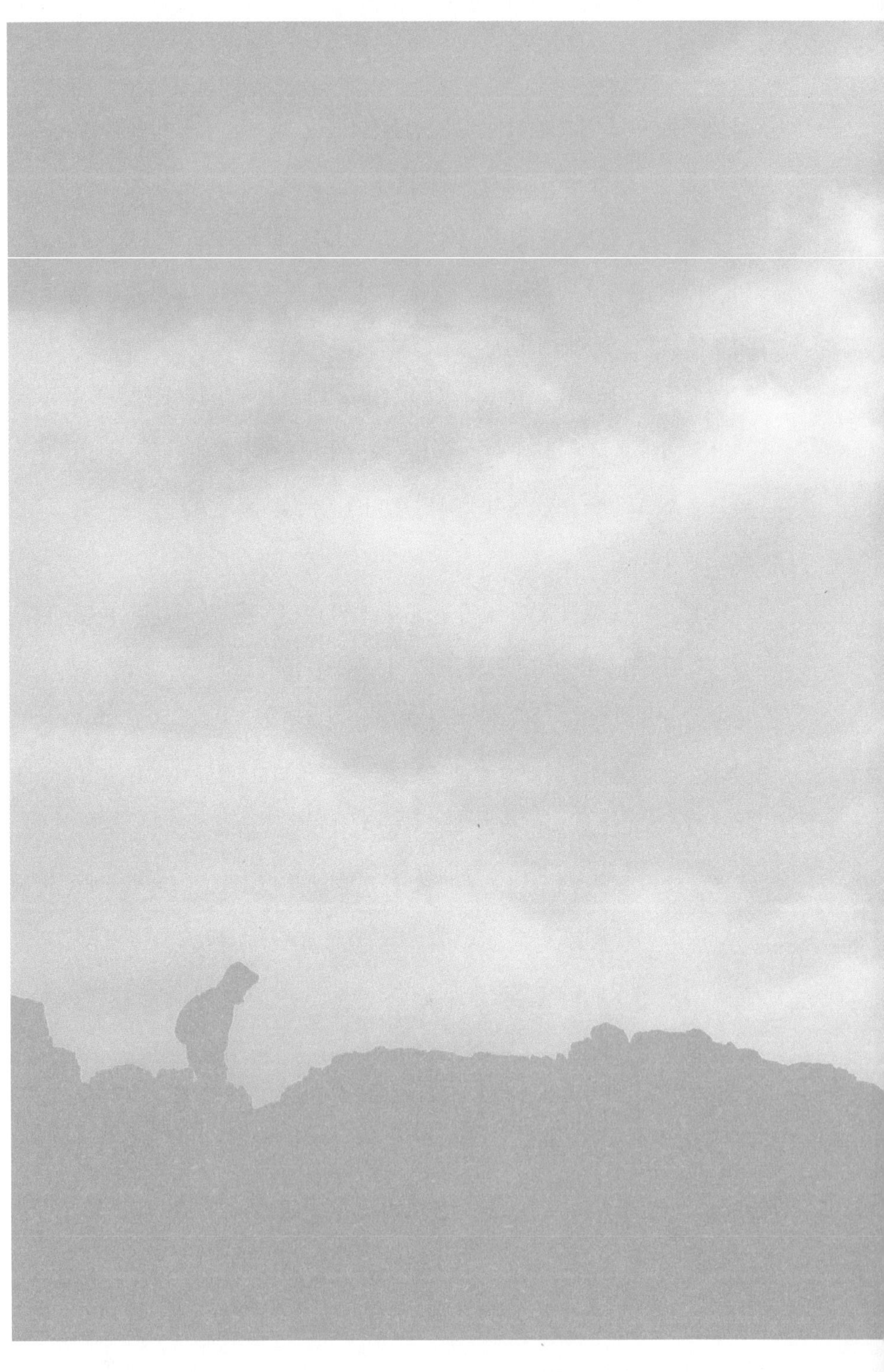

제5장 목표

삶은 행복을 지향한다

아들은 오래전부터 기타를 배워왔다. 그러던 것이 요즘 어떤 계기를 만나 그에 몰입하는 즐거움에 흠뻑 빠지게 되었다.

아들이 먼저 말을 붙인다.

아들   아버지. 지난 번에 아버지가 음미해보라고 하신 말씀 있잖아요?

아버지 응.

아들   그때 아버지께선 말씀하셨어요. "사람은 몸과 마음으로 되어 있는데, 그중 마음이 중요하다. 마음은 알고(知), 느끼고(情), 의도하는(意) 무엇이며, 그중에서 근본이 되는 것은 의지(意志)다. 그렇다면 의지란 무엇인가? 의지란 바람(희구·욕구·욕망)이다. 무언가를 바라는 것, 그것을 향해 나아가려는 심리적 기제가 곧 의지인 것이다.”

아버지   그래, 그렇게 말했지.

아들   그런데 제가 요즘 엄마 아빠가 바라시지 않는 쪽으로 의지가 쏠리는 것 같거든요.

아버지   그러니? 내가 알 수 있도록 좀 더 자세히 말해줄래?

아들   제가 기타 연주 동아리에 든 건 알고 계시죠?

아버지   그래, 알고 있어.

아들   지난 주에 대학 진학을 포기하고 곧바로 연주자가 되어 기타리스트가 된 학교 선배가 저희 동아리에 찾아왔어요. 얼마나 멋지던지! 그 선배가 저희 앞에서 너무나도 기막히게 연주를 하는 거예요. 저뿐 아니라 모든 동아리 아이들이 그 선배에게 홀딱 반했어요.

그땐 몰랐는데, 선배의 연주 모습을 담은 동영상이 인터넷에서 인기를 끌고 있더라고요. 저와 동아리 아이들은 시간이 날 때마다 인터넷으로 선배의 연주를 보고 들었어요. 그러는 동안 제 안에서 무언가가 꿈틀꿈틀 움직이기 시작했는데, 아빠가 그 느낌을 아실지 모르겠어요.

아버지   어떤 느낌인데?

아들   (곰곰이 생각하며) ……뭐랄까요, 모든 세포가 일제히 일어서는 느낌? 아님 모든 세포가 찬물로 샤워를 한 듯이 신선해지는 느낌? 아무튼 그 느낌은 말로 표현하기 어려워요. 분명한 것은 제가 들은 건 음악이었는데, 음악을 듣고 더 민감하게 반응한 건 마음이라기보다는 몸이었다는 거예요!

아버지 몸이 반응하는 음악이라……. 짐작이 가는구나, 그게 무슨 느낌일지. 그러니까 넌 시적(詩的)인 느낌을 받은 거야, 그렇지?

아들 시적인 느낌요?

아버지 서양의 전통에서 볼 때 '시(詩)'라는 말은 문학의 한 장르만을 의미하는 것을 넘어 예술 그 자체를 의미하기도 해. 그렇다면 예술이란 무엇일까? 그것을 논하는 것은 어려운 일이지만 예술이 지·정·의 가운데 정(느낌, 감성)에 해당되는 장르라는 점만은 분명하다고 하겠지. 그리고 넌 그때 정에 해당되는 강렬한 느낌, 바꿔 말해서 예술적인 감흥을 느낀 거야.

그런데 넌 조금 전에 너의 의지가 엄마 아빠가 바라지 않는 쪽으로 쏠리는 것 같다고 말했는데 그게 무슨 뜻이지? 그게 기타 연주를 듣고 느낀 예술적 감흥과 관련이 있는 거니?

아들 아버지.

아버지 응?

아들 ……제가 기타리스트가 되면 안 될까요?

아버지 (잠시 말이 없다가 고개를 끄덕이며) 안 될 것은 없겠지. 아니, 이렇게 소극적으로만 얘기할 일이 아니군. 아들아, 네가 그것을 꼭 원한다면, 그게 너의 가장 깊은 속내로부터의 요구(바람)라면 넌 반드시 기타리스트가 되어야만 해.

아들　(믿기지 않는 듯) 정말이세요? 정말로 제가 기타리스트가 돼도 괜찮아요?

아버지　그럼!

아들　기타리스트가 되려면 지금부터 기타 연습에 몰두해야 하는데도요? 그러다 보면 학교 공부는 뒷전이 될 텐데도요?

아버지　그럴 수도 있겠지만 그게 무슨 문제라는 거지?

아들　그게 문제가 아니라고요?

아버지　왜 그렇게 놀라니?

아들　제가 이 말씀을 드리면 아버지가 화를 내실 줄 알았어요. 아니, 화까지는 아니더라도 최소한 제 마음을 바꾸려고 하실 줄 알았는데, 이렇게 아무 일 아니라는 태도를 보이시니 놀랄 수밖에요.

아버지　그렇다면 나로서는 좀 섭섭한걸.

아들　왜요?

아버지　너의 그 말은 그동안 내가 한 말을 가식적인 말로 들었다는 것을 의미하니까.

지금까지 나는 여러 차례에 걸쳐 너에게 말했어. 네 삶은 너의 것이며, 모든 결정은 네가 내리는 거라고. 다만 아직 4분의 1 정도 있는 아이 부분 만큼은 엄마 아빠의 의견을 참조해야겠지만 말야.

그런데 막상 네가 기타리스트가 될 것인지의 여부를 내게 물어
온 지금에 와서 내가 너의 의견에 반대한다는 게 말이 되니? 만
일 내가 지금 너의 그 의견에 반대한다면 나는 그동안 내가 너에
게 한 말을 부정하는 게 되고, 결국 나는 그때 내 본심이 아닌 걸
말한 셈이 되겠지.

그렇지만 아들아. 난 그때 가식적으로 말한 것도 아니고, 교육상
그런 태도를 취한 것도 아니야. 나는 진심으로 네가 네 자신의
미래를 스스로 결정해야 한다고 믿고 있단 얘기야.

아들   (한숨을 쉬며) 후유!

아버지   (웃으며) 그 한숨의 의미는 뭐지?

아들   (따라 웃으며) 제가 졌단 뜻이지 뭐긴 뭐예요?

그러 아버지, 제가 이 문제 때문에 얼마나 고민했는지 아세요? 제 마
음 밑바닥에서 꿈틀거리는 음악에 대한 욕구 때문에 얼마나 고
민했는지 아시느냐구요?

그렇지만 제가 어떻게 제 마음을 아버지께 솔직하게 말씀 드릴
수 있겠어요? 저는 우수한 성적을 올리고 있고, 아버지는 다른
아버지와 마찬가지로 제 성적에 기뻐하고 계시는데요.

그런 아버지를 보며 저는 생각했어요. '아버지 또한 다른 아버지
들처럼 내가 공부 잘하는 학생들이 가는 명문 대학교에 진학하

여 지적(知的) 엘리트 코스를 밟기를 원하시는구나.'

아버지   그런데 갑자기 음악을 하겠다고 나서면 내가 화를 내거나 말릴 거라고 생각했단 말이지?

아들   네.

아버지   그렇지만 아들아, 넌 이 문제에 대해서도 지방지도보다 더 높은 시야, 즉 전국지도적인 시야를 가져야만 해.

아들   무슨 뜻이죠?

아버지   넌 지금 네가 기타리스트가 되느냐 지적 엘리트가 되느냐, 바꿔 말하면 정(情)의 길을 가느냐, 지(知)의 길을 가느냐를 놓고 생각하고 있어. 하지만 그 둘 중 하나의 길을 고르는 것보다 더 중요한 것은 그 둘을 조화해야 한다는 점이야.

(아들이 잠시 생각할 시간을 준 다음) 아들아, 사람은 한편으로는 감성적인 존재이고, 다른 한편으로는 이성적인 존재야. 이 둘을 의지가 이끌어간다고 할 수 있는데, 이 세 요소, 즉 지·정·의가 조화를 잘 이룰 때 사람은 행복한 삶을 살 수 있어.

만일 어떤 사람이 이성적으로는 탁월하지만 감성적으로 메말라 있다면 어떻겠니? 그런 사람이 남에게 인간적인 매력이 없을 것은 자명한 일이야. 그러나 그보다 더 큰 문제는 그런 사람이 내면으로부터 촉촉한 기운, 맑은 기운, 아름다운 기운, 즐거운 기운을 느낄 수 없다는 거야.

물론 그 반대도 곤란하지. 어떤 사람이 감각적·감성적인 능력을 극대치로 발달해 있지만 자기 자신과 사물을 이성적으로 바라볼 줄 모른다면 그의 삶 또한 혼란과 무질서로 귀착되고 말 테니까. 그 때문에 학교 교육이 지적(知的)인 분야와 함께 음악·미술·문학 등 정적(情的)인 분야에도 일정 시간이 배정되도록 되어 있는 것인데, 문제는 우리나라 학교에서는 후자가 등한시되고 있다는 거야.

이처럼 지적 분야와 정적 분야의 조화는 중요한데, 그렇지만 막상 직업이라는 문제로 들어서면 이 둘을 잘 조화시키기가 어려워. 이 둘을 조화시킬 수 있는 직업은 매우 드물고, 따라서 사람은 두 분야 중 한 분야에서 일하게 돼. 그중 정적인(예술적인) 분야는 일자리가 아주 적은데다가 성공하기도 매우 어렵기 때문에 대개의 부모들은 자녀들이 이 길을 가는 걸 꺼리게 돼.

그런 점에서 부모들이 자녀가 예술가가 되려고 할 때 불안감을 느끼는 것은 당연하다고 할 수 있는데, 그거야 어찌되었든 사람은 저마다 자신만의 소질을 갖고 태어나게 마련이야. 그리고 자기가 갖고 태어난 소질을 잘 계발하는 것, 자기가 가장 좋아하고 잘할 수 있는 것을 하는 것은 성공을 위한 첫 번째 조건이야.

따라서 너에게 정말로 기타리스트로서의 소질이 있다면, 그것이 네가 가장 좋아하고 가장 잘할 수 있는 일이라면 나는 네가 기타리스트가 되는 걸 반대하지 않을 거야. 네가 경제적으로 좀 불안하더라도 좋아하는 일을 하면서 행복해 할 것이라는 자신이 있다고 여겨진다면 말이야.

아들 무슨 말씀이신지 충분히 알았어요. 그 말씀을 전제로 앞으로 여러 가지로 생각을 정리해볼게요.

아버지 아들아, 내가 너에게 바라는 마지막은 네가 명문 대학교에 진학하는 게 아니야. 네가 명문 대학교에 진학하느냐 안 하느냐 또는 네가 지적인 분야에서 일할 것인가 정적인 분야에서 일할 것인가의 문제는 지방지도의 문제일 뿐이고, 전국지도적인 관점에서 내가 너에게 바라는 것은 너의 행복이야.

우리 이 점을 꼼꼼히 검토해보자.

내가 한번 물어볼까? 내 생각에 모든 사람은 행복하기를 원하는 것으로 보이는데, 네 생각은 어떠니?

아들 저도 그 점에 동의해요.

아버지 그래, 모든 사람이 행복하기를 원한다는 것은 누구나 인정하는 사실이야. 그러니까 우리는 행복을 모든 사람의 제1목표라고 부르기로 하자.

아들 왜 그냥 목표가 아니고 제1목표죠?

아버지 왜냐하면 삶에는 많은 목표가 있는데, 그 중에서 행복이라는 목표가 가장 앞선, 가장 궁극적인 목표이니까.

아들   알았어요. 계속 말씀해주세요.

아버지   우리가 동의한 것처럼, 사람은 의식적이든 무의식적이든 행복을 제1목표로 삼고 있어. 그리고 목표에는 그 목표를 달성하기 위한 수단이 따라붙게 되는데, 그것이 직업이야. 말하자면 직업은 행복을 이루는 제1수단인 거지(제1목표 → 제1수단).

문제는 수단을 찾은 다음에 목표를 잊어버리는 일이 많다는 거야. 이것은 목표는 멀리 있는데 비해 수단은 보다 가까이 있기 때문에 일어나는 현상인데, 어쨌거나 많은 사람들에게 있어서 시간이 지나는 동안 행복이라는 제1목표는 잊히고 직업만이 남게 돼.

예를 들어볼까. 어떤 아이에게 너의 희망이 뭐냐고 물어보면 아이들은 대답해. "나의 희망은 장래에 의사가 되는 것입니다.", "나의 희망은 장래에 변호사가 되는 것입니다.", "나의 희망은 장래에 과학자가 되는 것입니다.", "나의 희망은 장래에 예술가가 되는 것입니다." 등등.

이중에 의사를 희망으로 잡은 아이를 대상으로 얘기해볼까? 처음으로 돌아가, 이 아이의 제1목표는 뭐지?

아들   당연히 행복이죠.

아버지   그래, 그 아이의 제1목표는 행복이야. 바꿔 말해서 그 아이의 진정한 희망은 '의사'라기보다는 '행복'인 거야, 그렇지?

아들　네.

아버지　그럼 그 아이에게 의사라는 직업은 목표가 아니라 목표를 이루
기 위한 수단인 거지? 그렇지?

아들　네.

아버지　그런데 어떠니? 그 아이는 의사를 수단으로 여기고 있을까, 아니
면 목표로 여기고 있을까?

아들　잠깐만요. 지금 저희는 목표와 수단에 대해 말하고 있는데, 목표
와 수단의 상이는 뭐죠?

아버지　목표는 그 자체로서 가치를 갖고 있는데 비해 수단은 그 자체로
서 가치를 갖고 있는 것은 아니라는 점. 즉, 수단은 목표에 의지
하여 가치를 갖는, 다시 말해 목표에 종속된 가치를 가진 무엇이
란 얘기야.

아들　좀 더 자세히 설명해주세요.

아버지　예를 들어 의사가 되는 것을 수단이 아닌 목표로 여긴다는 것은,
의사가 되면 그 자체만으로 행복해진다고 생각한다는 것을 의미
해. ‘의사＝행복’이라고 생각하는 거지.
그렇지만 어떠니, 의사가 되는 것 자체만으로 그가 행복해질 수
있을까? 바꿔 말해 모든 의사는 다 행복할까? 모든 변호사, 모든
과학자, 모든 예술가는 다 행복할까?

아들　당연히 그렇진 않죠.

 그러니까 의사를 목표로 여기고 있는 그 아이의 생각은 잘못된
거야. 의사가 되는 것만으로 행복해지는 것이 아니라 의사가 됨
으로써 얻게 되는 어떤 것 때문에, 그것이 경제적인 안정이든지,
남의 고통을 덜어주는 데서 오는 보람이든지, 어쨌든 그것 때문
에 행복해지는 거니까. 바꿔 말해서 의사는 그에게 행복을 위한
수단이지 목표는 아닌 거야.

다시 한 번 말하지만 그 아이의 목표는 행복이고 의사는 그 목표
를 이루는 수단일 뿐이야. 그런데도 많은 사람들은 목표인 행복
과 수단인 의사를 구별하지 않고 뒤섞어버리는데, 문제는 이같
은 하향(下向)이 거기에서 그치지 않는다는 거야.

 그 다음에 어떤 일이 일어나는지 말씀해주세요.

 처음부터 다시 정리해보자.

그 아이는 행복을 목표로 잡았어. 그리고 그 행복을 이루는 수단
으로서 의사라는 직업을 선택했지. 그런데 시간이 지나는 동안
목표는 잊히고, 그럼으로써 의사는 그에게 수단이 아니라 목표
가 됐어(행복 → 의사＝목표).

우리는 이 목표를 처음의 목표(제1목표＝행복)와 구별하기 위해
제2목표라 부르기로 하자. 이렇게 수단이 목표가 되면 다음 단계
에서 그 목표를 달성하기 위한 수단이 따라붙게 되겠지. 예를 들
어 그 아이는 의사가 되기 위해 의학대학에 진학해야 하는데, 이

렇게 되어 의학대학 진학은 제2수단이 되는 거야(제1목표: 행복
→ 제1수단: 의사＝제2목표 → 제2수단: 의과대학 진학).

그런데 다시 시간이 지나는 동안 제2수단 또한 목표로 변하게
돼(제3목표). 그리고 그 목표에도 또다시 수단이 따라붙게 되는
데, 예를 들어 그 아이는 의학대학에 진학하기 위해 고등학교 내
신성적을 최상위 등급으로 유지해야겠지(제1목표: 행복 → 제1수
단＝제2목표: 의사 → 제2수단＝제3목표: 의과대학 진학 → 제3수단:
고등학교 내신성적 최상위 등급 유지).

아들　이같은 하향은 전국지도에서 지방지도로의 하향과 통하는 거,
맞죠?

아버지　그래, 맞아.

아들　그렇다면 이 하향이 곧 추락을 의미하나요?

아버지　그렇지는 않아. 문제의 요점은 하향이 아니라 그 하향에 몰두하
느라고 맨 처음의 목표, 제1목표를 잊는 데 있어. 만일 그것을 잊
지만 않는다면 그것은 추락이 아니라 꼭 필요한 하향이야.

아들　자세히 말씀해주세요.

아버지　마치 전국지도를 본 후에 지방지도를 보는 사람, 또는 지방지도
를 보다가 수시로 전국지도를 봄으로써 자신의 좌표를 잊지 않
고 챙기는 사람처럼 우리는 당장의 지방지도, 즉 당장의 내신성
적을 챙기는 가운데서도 수시로 제1목표를 기억해야만 해.

앞에서 예로 든 아이로 돌아가, 그 아이는 당장의 내신성적에 신경을 쓰는 한편 인생의 성패가 내신성적이나 의학대학 진학, 나아가 의사가 되는 그것에서 끝나는 것이 아니라는 점을 숙고해야 해.

아들　그러니 제가 '기타리스트가 되느냐 지적 엘리트가 되느냐' 하는 것 또한 사정은 마찬가지군요.

아버지　네가 기타리스트가 되느냐 지적 엘리트가 되어 그에 합당한 일을 하느냐는 직업의 문제, 즉 제1수단으로서의 문제이지, 그 자체가 제1목표는 아니야. 당연하게 이 둘 중 더 중요한 것은 제1목표, 즉 행복이지.

그래, 난 네가 행복해지기를 바라고 있을 뿐 네가 기타리스트가 되지 않기를 바라지도 않고, 네가 의사가 되기를 바라지도 않아. 기타리스트가 되느냐 의사가 되느냐는 네가 행복해지는 수단의 문제일 뿐이기 때문에 나는 네가 기타리스트가 됨으로써 행복해진다면 그것을 후원할 거고, 네가 의사가 됨으로써 행복해진다고 해도 역시 그것을 후원할 거야.

아들　그렇다면 문제는 '행복해지기 위해서 내가 정말로 가야 할 길이 어떤 것이냐'를 찾는 일이겠군요.

아버지　그렇고말고!

아들　그리고 그 길을 선택하고 결정하는 것은 저 자신이고요.

아버지 그래, 바로 그거야!

아들 그래서, 제가 기타리스트가 되기로 결심한다면요?

아버지 난 너의 결정을 수용해야겠지.

아들 '수용'이라는 것은 흔쾌히 지원하시겠다는 의미는 아닌 것 같은데요?

아버지 그런 점이 있긴 해.

아들 그렇지만 아버지는 아까 말씀하셨잖아요? 제가 그것을 꼭 원한다면 반드시 기타리스트가 되어야만 한다고요. 그 말씀은 제가 기타리스트가 되는 것을 적극적으로 지원하시겠다는 뜻이 아닌가요?

아버지 그런 뜻이야. 다만 넌 아직 미성숙한 아이로서의 4분의 1 부분이 남은 존재로서 그 부분 만큼은 나의 충고와 지혜를 받아들일 필요가 있어.

바꿔 말해서 넌 아직 아이인 부분이 남아 있는 고등학생으로서 어른들은 알고 있는 어떤 것을 잘 모르고 있어. 따라서 넌 이 아버지한테 기타리스트가 된다는 것이 어떤 것인지를 들어둘 필요가 있다고 생각되는구나.

아들 저는 잘 모르고 아버지는 아시는 그것이 뭐죠?

아버지 기타리스트, 즉 예술가가 된다는 것은 경제적으로 불안정한 삶을 선택한다는 것을 의미해. 예술가라는 직업은 직업으로서의 가장 중요한 가치인 소득이 불안정하단 얘기야.

예술 세계에서는 1등의 소득이 100일 때 2등의 소득은 50밖에 안 돼. 그럼 3등은? 아마도 30정도? 등위에 따른 이런 격심한 차등을 넌 올림픽에서 금메달을 딴 선수와 은메달을 딴 선수, 그리고 동메달을 딴 선수가 받는 대우를 통해서 짐작할 수 있을 거야.

이런 식으로 급격한 차등이 나타나는 특성 때문에 예술 세계에서 10등을 한다면 거의 생존을 위협받는다는 것을 의미해. 그렇지만 비예술 세계는 달라. 예를 들어 네가 예술가가 아닌 일반적인 직업을 갖는다고 하면 네가 1등을 할 때 예술가로서의 1등과 같은 소득, 예컨대 100의 소득을 올릴 수 있을 거야. 그렇다면 2등을 한다면? 그때 너는 50이 아니라 99의 소득을 올릴 수 있어. 같은 형식으로, 네가 만일 10등을 한다면 넌 90의 소득을 올릴 수 있겠지.

이 때문에 내가 '그게 너의 가장 깊은 속내로부터의 요구라면' 하고 전제를 붙인 거야. 자신의 가장 깊은 속내로부터의 요구에 귀기울여 전공을 정해야 하는 것은 비단 예술가에게만 그런 것은 아니지만, 예술가가 되려는 사람에게 이 말의 의미는 더욱 심대하다고 할 수 있어.

예술가는 아무나 되는 게 아냐. 예술가가 되기 위해서는 하늘로부터 부여받은 소질, 즉 천재성(영재성)이 있어야만 해. 그리고 그 천재성은 사람의 깊은 속내에서 강력한 음성으로 그를 예술 세계로 불러내. 예술이 아닌 그 어떤 길도 갈 수 없으리라는 강한 소명감을 느낀단 얘기야. 바꿔 말해서 그는 그 길을 가지 못하면 죽어야 한다고까지 느끼게 돼.

네가 기타리스트가 되려면 너는 너의 속내에서 그런 음성이 들리는지 귀기울여봐야 해. 네가 예술적 소양을 타고났는지, 네가 진실로 되고 싶은 것이 예술가가 맞는지 아닌지 판단하기 위해서 말이야.

예술가로서의 천재적 재능. 그것은 만에 하나 꼴로 타고나는 매우 귀하고도 귀한 거야. 그런 재능을 갖고 태어났다면 그는 당연히 예술가가 되어야지. 그런 재능을 갖고 태어났다면 그는 예술가로서 성공할 것이고, 만일 성공하지 못하더라도 예술 길에서 삶의 행복을 찾게 될 테니까.

네가 정말로 예술가로서의 소양을 갖고 태어났다면 경제적인 이익은 별로 중요하지 않게 느껴질 거야. 적어도 그것은 예술에서 얻는 행복보다는 덜 중요한 것으로 느껴지겠지. '가난하더라도 음악만 있으면 나는 행복하다'는 느낌이 들 거란 얘기야.

아들 그렇다면 문제는 저에게 그런 재능이 있느냐는 거군요.

아버지 그렇지. 그런데 어떠니, 너에게 그런 재능이 있는 것 같니? 지금부터 노력하면 네 선배처럼 탁월한 기타리스트가 될 수 있을 것 같아?

아들　사실…… 거기까진 자신은 없어요.

아버지　그래? 그럼…… 이제 어떻게 해야 하는 거지?

아들　그걸 아빠가 가르쳐주셔야죠!

아버지　(웃으며) 당장에 결정할 필요는 없잖니? 다만 너 자신에게 물어
보도록 해. '나는 기타리스트가 되지 않으면 죽어도 좋을 정도인
가, 아닌가?'라고 말야.

아들　네.

아버지　너는 지금 그 선배의 연주를 듣고는 약간 감정적인 흥분 상태에
빠진 것 같은데, 감정이라는 것은 자주 변하는 것이기 때문에 시
간이 흐르는 동안 그 흥분기가 가라앉을 수 있어. 만일 그 흥분,
그 감동, 그 열정이 한 달이 지나고 일 년이 지나도 유지된다면,
아니 유지되는 정도가 아니라 더욱더 높아지고 강해진다면 너는
예술가로서의 기질(소질)이 있는 걸로 봐도 좋을 거야.

아들　그러니까 시간을 좀 더 갖고 이 문제를 다루자는 거죠?

아버지　그래. 다만 이 점은 유념해두도록 하렴. 너는 일반적인 직업을 가
진 사람으로서도 얼마든지 기타리스트가 될 수 있어. 전문 직업
인이 아닌 아마추어 연주자가 될 수 있단 얘기야. 이것이 천재까
지는 아니지만 예술적 재능을 가진 사람들이 흔히 선택하는 길
이야. 요컨대 '그것을 즐기기는 하지만 그것을 직업으로 삼지는

않는다'인 거지.

아들　알았어요. 그걸 염두에 두고 좀 더 생각해볼게요.

아버지　그런데 말야, 우린 조금 전에 행복이 우리의 제1목표라는데 의견 일치를 봤잖니?

아들　네.

아버지　그리고 난 지난 번에 말했지. 마음은 알고(知), 느끼고(情), 의도하는(意) 무엇이며, 이중 근본이 되는 것은 '의', 즉 의지라고.

아들　네, 그렇게 말씀하셨어요.

아버지　그런데 그 말은 의지가 몸과 마음을 이끄는 기관차에 해당된다는 의미란다.

아들　그래요? 그렇지만 우리는 의지를 일으킨 다음에 알거나 느끼진 않잖아요? 의지 없이도 얼마든지 알고 느끼잖아요?

아버지　물론 그렇지. 그 점에서 알고 느끼는 것은 의지보다 앞에 있어. 그렇지만 알고 느끼기 때문에 후차적으로 일어난 의지는 삶을 이끌어가는 동력이야. 그런 점에서 의지는 기관차라고 말할 수 있어.

아들　알고 느끼기 때문에 무언가를 바라고(의지), 무언가를 바라는 데서부터 삶이 시작된다고요?

아버지　그래. 따라서 삶은 곧 바람(희구·욕구·욕망)이라고 말할 수 있어. 산다는 것은 무언가를 바란다는 걸 의미한단 얘기야. 바람 없는 삶, 그런 삶은 거의 가능하지 않아. 삶을 해탈한 성자라면 혹시 모르지만 말야.

아들　동의해요.

아버지　그럼 우리가 지금까지 논의한 행복을 '산다는 것은 무언가를 바란다.'라는 지금의 결론과 결합해볼래? 그럼 어떤 명제가 도출되는 거지?

아들　그건 '누구나 행복하기를 바란다.'예요.

아버지　좋아. 그럼 다시 지난 번에 우리가 나누었던 대화로 돌아가보자. 그때 우린 인간은 개별자라는 것, 따라서 삶의 주인은 저마다 자기 자신이라는 것을 확인했잖니?

아들　네, 그랬어요.

아버지　그럼 '내 삶의 주인은 나'라는 사실을 지금 정리한 '누구나 행복하기를 원한다.'라는 문장에 대입하면 어떻게 되지?

아들　'나는 행복하기를 원한다.'가 되겠죠.

아버지　(웃으며) 그러니까 넌 지금 빈 컵을 가진 거야.

아들　네?

아버지　(미리 준비한 빈 컵 하나를 아들 앞에 내밀며) 넌 지금 이 컵 하나를 가진 거라고.

아들　대체 무슨 말씀이세요?

아버지　(아들이 어리둥절해 있는 것을 알면서도 짓궂게) 그리고 여기에는

(미리 준비한 물통을 가리키며) 물이 있지?

아들   (혼자 생각에 잠기며) 컵과 물? 대체 이게 무슨 뜻일까?

아버지   (말없이 잠시 기다린다.)

아들   (잠시 뒤에) 아! 알았어요! 컵은 '바라는 마음'이고, 물은 그 마음
       에 채워질 '행복'이에요! 맞죠?

아버지   그래. 아주 훌륭하구나.

아들   그러니까 다음 주엔 '컵과 물의 상관관계'에 대해 대화를 나누게
       되겠네요?

아버지   그래. 다음 주의 대화 주제는 컵과 물의 상관관계, 바람(희구·욕
       구·욕망)과 충족의 상관관계야.

아들   일주일 동안 이 주제를 음미해보도록 할게요.

제5장
목표

- 사람은 자기가 갖고 태어난 천부적인 소질을 계발하는 쪽의 일을 하는 것이 좋다.

- 예술가가 되느냐, 지적 엘리트가 되느냐는 것은 정(情) 분야의 일을 하느냐, 지
(知) 분야의 일을 하느냐를 의미한다. 이중 어느 편의 일을 선택하든 간에 사람은
정적인 면과 지적인 면에서 조화를 이루어야만 한다.

- 사람은 누구나 행복하기를 원한다. 이 점에서 행복은 모든 사람에게 있어서 '제
1목표'라고 할 수 있다.

- 제1목표에는 수단이 따라붙는데, 직업이 바로 그것이다. 따라서 직업은 제1수단
이라고 할 수 있다. 바꿔 말해서 의사가 되는 것, 예술가가 되는 것 등은 수단일
뿐 목표 자체는 아니다.

- 그럼에도 불구하고 시간이 지나는 동안 사람들은 직업을 목표로 삼게 된다. 그리
하여 직업은 제2목표가 되고, 그 목표에는 다시 제2수단이 따라붙는다. 그리고
얼마 지나지 않아 제2수단은 다시 제3목표가 된다. 그리고 그 목표에 제3수단이
따라붙는다.
이런 식의 하향이 이어지는 동안 처음의 제1목표, 즉 행복은 까마득히 잊히게 된

다. 이것은 곧 그가 인생 전체를 가늠하는 전국지도 보기를 잊어버렸다는 것을, 지방지도에 집착한다는 것을 의미한다.

- 이 점에서 볼 때 '명문 대학교에 들어가느냐 못 들어가느냐'보다 더 중요한 것은 '무슨 일을 할 것이냐'이고, '무슨 일을 할 것이냐'보다 더 중요한 것은 '행복한가 행복하지 않은가'이다.

- 예술가가 된다는 것은 경제적인 측면에서의 불안정성을 선택한다는 것을 의미한다. 그럼에도 불구하고 하늘로부터 예술적 소양을 부여받은 사람은 예술가가 되어야만 한다. 그는 그 길에서 설령 성공하지 못하더라도 예술 속에서 사는 그것만으로 충분히 행복할 것이기 때문이다.

- 자신에게 예술가로서의 천부적인 소양이 있는지 여부를 판단하는 기준은 그 길을 가지 않으면 죽을 것 같을 정도로 그것을 원하느냐이다.

- 그런 정도의 예술에 대한 사랑이 없는 사람, 단지 예술에 대한 애호를 가진 사람의 경우라면 예술을 즐기되 직업으로 삼지 않는 것이 좋다.

- 누구나 행복하기를 원한다는 것은 나는 행복하기를 원한다는 것이고, 내가 행복하기를 원한다는 것은 내가 채워지기를 기다리는 '빈 컵'을 갖고 있다는 것을 의미한다.

제 **6** 장

만족

· 능력 키우기와 욕심 줄이기 ·

아들과 아버지는 뜰에 나와 탁자를 앞에 놓고 마주 앉는다.
탁자 위에는 몇 개의 컵과 물통 하나가 놓여 있다.

아버지　그래, 일주일 동안 컵과 물에 대해 생각해봤니?

아들　　네, 가끔요.

아버지　그래서, 뭐 알게 된 거라도 있니?

아들　　먼저, 마음이 끊임없이 무언가를 바란다는 건 분명해요.

아버지　그래. 그렇담 말해볼래? 네가 바라는 것에는 어떤 것들이 있지?

아들　　전 먼저 행복하기를 원해요.

아버지　그리고?

아들　　의사나 기타리스트가 되기를 원하죠.

아버지 그런데, 넌 그것 말고도 바라는 게 있잖니? 예를 들어 내신성적
      을 높은 수준으로 유지하는 거라든가.

아들   네, 전 그것도 원해요.

아버지 그런데 넌 이번 중간고사에서 네가 원하는 높은 성적을 올렸지,
      그렇지?

아들   네.

아버지 그래서 행복했니?

아들   네.

아버지 그러니까 너는 내신성적이라는 컵을 만족시킨 거야, 그렇지?

아들   그런 셈이에요.

아버지 (탁자 위의 컵들을 가리키며) 자, 여기엔 많은 컵들이 있어. 이 컵들
      은 삶을 살면서 네가 바라게 될 많은 것들, 즉 희구(希求)를 상징
      해. (작은 컵 하나를 들고) 그리고 이 컵은 네가 얼마 전에 바랐던
      것, 즉 내신성적에서 1등급을 받는 것이었어. 그리고 지난 주에
      는 너의 이 컵은 (컵에 물을 가득히 따른 다음) 이렇게 만족되었어.
      그렇지만 네가 이미 말한 것처럼 네가 가진 컵은 단지 이것 하나
      만은 아니야. 그러니까 너의 다른 컵들은 만족을 기다리며 빈 컵
      으로 남아 있는 거지.

아들   그래요.

아버지 그런데 우리는 그 수많은 컵들을 하나로 통합할 수도 있지 않

을까?

아들   전국지도 수준에서 인생을 본다면 그렇겠죠.

아버지 그래. 우리는 인생 전체를 하나의 큰 컵으로 볼 수도 있어. (가장
      큰 컵을 손에 들고) 자, 그러니까 이 큰 컵이 인생의 행복을 담을
      큰 빈 컵이라고 치면 네가 근래에 만족시킨 작은 컵의 물은 결국
      이 큰 컵에 담기게 될 물이었어. 그렇지?

아들   네.

아버지 이런 식으로 우리는 작은 컵들을 만족시킴으로써 인생 전체의
      가장 큰 컵을 채워나가게 되는데, 그 첫 번째 방법부터 다뤄볼
      까? 자, 내신성적 얘기로 돌아가서, 넌 그 컵을 채운 물을 어디서
      퍼온 거지?

아들   학교에서요.

아버지 그래. 그러니까 네가 내신성적을 얻게 되는 학교는 말하자면 물
      이 가득 고여 있는 우물인 거야, 그렇지?

아들   네.

아버지 그리고 그 우물에서 물을 퍼가려는 사람은 많아. 너 말고도 많은
      학생들이 물을 퍼가기 위해서 모여 있는 거지.

아들   그래요.

아버지 그렇다면 우물가에선 경쟁이 벌어지겠네?

아들   당연히 경쟁이 벌어지죠.

아버지 그 경쟁에서 이기는 사람이 더 많은 물을 퍼가게 되는 거고.

아들 네, 그래요.

아버지 이때 물을 퍼가느냐 퍼가지 못하느냐, 많은 물을 퍼가느냐 적은
물을 퍼가느냐를 결정하는 요소는 뭐지?

아들 (잠시 생각한 다음) 실력요.

아버지 그래, 그건 실력, 또는 능력이야. 능력이 더 많은 사람이 우물가,
즉 사회에서 먼저 그리고 더 많이 물을 퍼가는 거야, 그렇지?

아들 네.

아버지 그렇다면 다른 컵들은 어떨까? 예를 들어 네가 돈을 원할 때, 너
는 돈이라는 이름의 물을 어디에서 퍼오게 되지?

아들 (생각한 다음) 사회에서요.

아버지 네가 만일 네 맘에 드는 여성을 아내로 맞으려면 그 물은?

아들 역시 사회에서요.

아버지 네가 만일 명예를 원할 경우에는?

아들 역시 사회에서요.

아버지 정리해보면, 사람은 희구를 갖고 있고 그 희구를 만족시키는 것
은 자기 계발을 통해 향상된 능력이야. 그래서 우리는 능력을 키
우기 위해 학교에 가지. 또한 우리는 같은 이유로 체력 단련을
하고, 관심이 가는 책을 읽고, 대인 관계를 맺게 돼.

이런 여러 가지 방법으로 능력을 키운 다음 우리는 그 능력으로

써 우물, 즉 경쟁 사회에 나가 물을 퍼오게 돼. 그리하여 우리의 빈 컵을 만족시키는 거지. 어떠니, 여기 우리 앞에서는 다섯 개의 작은 컵과 다섯 개의 컵을 모두 합친 것으로서의 하나의 큰 컵이 있는데, 우리가 가진 컵의 수는 얼마나 될까? 단지 다섯 개 정도일까?

아들   그보다 훨씬 많겠죠.

아버지   그리고 그 컵은 앞으로도 계속 생겨나지 않을까?

아들   그렇겠죠. 어제는 없었던 바람이 내일 생길 테니까요.

아버지   그리고 컵이 생겨날 때마다 우리는 그 컵을 만족시켜야겠지?

아들   네.

아버지   그렇다면 '빈 컵 → 만족, 빈 컵 → 만족, 빈 컵 → 만족……'으로 이어지는 이 길에 끝이 있을까?

아들   아마도 끝이 없을 것 같은데요.

아버지   그리고 또한 전체 컵은 고사하고 작은 컵 하나조차도 만족시키기가 매우 어려운 게 사실인 것 같은데?

아들   네, 그래요. 원하는 내신성적을 얻는 일만 해도 매우 어려운 게 사실이에요.

아버지   그런데 그 어려운 컵 만족시키기가 줄지어 요구된다면? 그렇다면 인생의 커다란 빈 컵은 끝내 만족에 이르지 못하는 것일까?

아들   (고개를 갸웃하며) 그렇게 되네요. 그런데 그게 좀 이상해요.

아버지　왜?

아들　작은 컵들은 계속해서 채우지만 끝내는 인생이라는 가장 큰 컵
은 채우지 못한다고 할 때, 그건 결국 아무것도 채우지 못한 거
나 마찬가지니까요. 이건 너무 허무하잖아요?

아버지　그렇다면 말해볼래? 왜 이런 어처구니없는 결과가 나오는 거지?

아들　잘 모르겠어요.

아버지　아들아, 자 여기에서 우리는 컵을 채우는 또다른 방법을 생각해
볼 때인 거 같구나.

아들　컵을 채우는 또다른 방법이라니요?

아버지　그래. 컵을 채우는 또다른 방법.

아들　대체 그게 뭐죠? 경쟁 사회에 나가 물을 퍼오는 것 말고 또다른
방법이 있어요?

아버지　있지.

아들　그게 뭐예요?

아버지　네가 생각해봐.

아들　(잠시 생각한 다음) 모르겠어요.

아버지　그러니? (100cc 빈 컵 하나를 앞에 놓고) 그럼 잘 봐. (그 컵에 물을
가득 따른 다음) 자, 물이 가득 찼지?

아들　네.

아버지　(200cc 빈 컵에 그 물을 따르며) 그런데 이번에는 어떠니?

아들   물이 반만 찼네요.

아버지   그래, 100cc 컵에는 가득 찼던 물이 200cc 컵에 담으니까 반만
찼지? 그럼 다시 처음으로 돌아가볼까? (처음의 컵에 물을 옮겨 담
는다.)

아들   아! 알았어요! 물을 채우는 두 번째 방법은 컵을 줄이는 거예요,
그렇죠?

아버지   그래. 그럼 물을 채우는 두 번째 방법에 대해선 네가 나에게 설
명해줄래?

아들   좀 더 정리를 할 수 있도록 시간을 주세요.

아버지   얼마든지!

아들   (한참 동안 생각을 정리한 다음) 사람에게는 저마다 희구가 있어요.
그리고 그 희구를 충족하기 위해서 우리는 우물, 즉 사회로 나가죠.
문제는 우물가에 나 말고도 많은 사람들이 모여 있다는 거예요.
그래서 사람들 사이에는 경쟁이 일어나고 경쟁에서 이기는 사람
이 먼저, 더 많은 물을 퍼가게 돼요.
그렇지만 하나의 컵을 만족시키고 나면 또다른 컵이 생겨나요.
그런가 하면 컵이 자라기도 해요. 어제까지는 5등으로 만족했지
만 오늘은 4등이 되어야 만족하게 되고, 내일은 3등이 되어야만
만족하는 식으로 컵이 자라는 거예요.
그래서 '빈 컵 → 만족, 빈 컵 → 만족, 빈 컵 → 만족……'으로 이

어지는 이 길에는 끝이 없어요. 국장으로 만족하지 못하고, 차관이 되기를 원하고, 차관으로 만족하지 못하고 장관이 되기를 원하며, 장관으로 만족하지 못하고 총리가 되기를, 총리로 만족하지 못하고 대통령이 되기를 원하는 식으로요.

이것을 경제적 희구 쪽으로 바꾸면 10억 원을 가진 재산가는 100억 원을 원하고, 100억 원을 가진 재산가는 1,000억 원을 원하는 게 되겠죠. 그렇지만 대통령이든 1,000억 원이든 간에 그것이 끝인 것도 아니에요. 그 이상도 얼마든지 바랄 수 있는 게 사람의 욕심(희구)이니까요.

또 권력과 재산 말고도 사람에게는 원하는 게 참 많아요. 좋은 집을 원할 거고, 좋은 차를 원할 거고, 건강하기를 원할 거고, 오래 살기를 원할 거고, 좋은 직장을 갖게 되기를 원할 거고, 남들의 평판이 좋기를 원할 거고, 남들이 나를 사랑해주기를 원할 거고, 좋은 아내(남편)를 갖게 되기를 원할 거고, 좋은 아들딸을 낳게 되기를 원할 거고, 그 아들딸 훌륭하게 자라기를 원하겠죠.

이렇듯 컵은 자꾸 생겨나기도 하고, 커지기도 해요. 그래서 우리는 한편으로는 컵을 채우기 위해 능력을 키워야 하지만 그것 말고도 해야 할 일이 있어요. 그것은 컵이 새로 생겨나지 못하도록 하는 노력, 컵이 자라지 못하도록 하는, 적어도 컵이 천천히 자라도록 하는 노력이에요. 가만히 놔두면 자꾸만 생겨나는 컵, 자랄

줄만 알았지 도무지 줄어들 줄을 모르는 컵을 잘 감시하고 조절하는 것, 그것이 중요하단 얘기예요.

아버지   그래, 잘 정리했구나. 그렇다면 물어볼까? 어떠니, 여기에 100cc 컵을 만족시킨 사람과 200cc 컵을 만족시킨 사람이 있다고 할 때 두 사람은 모두 컵을 만족시켰으니까 행복하겠지?

아들   네.

아버지   그럼 똑같이 100cc의 물을 퍼왔는데, 한 사람의 컵은 100cc이고, 다른 한 사람의 컵은 200cc라면?

아들   전자는 행복하지만 후자는 행복하지 않겠죠.

아버지   그럼 이건 어떠니? 앞에서 우리는 100cc의 컵을 만족시킨 사람도 행복하고, 200cc의 컵을 만족시킨 사람도 행복하다는 데 동의했는데, 두 사람 중 누가 더 행복할까?

아들   200cc의 컵을 만족시킨 사람? (금방 고개를 저으며) 아니에요. 둘 사이에 차이는 없어요. 문제는 물의 양이 아니라 '컵을 만족시켰는가 못 시켰는가'이니까요.

아버지   그렇지만 남들은 그렇게 생각하지 않을 것 같은데? 예를 들어 10등을 바랐는데 10등을 한 학생과 5등을 바랬는데 5등을 한 학생을 두고, 다른 학생들은 전자보다 후자가 더 행복할 거라고 생각하지 않을까?

아들   남들은 그렇게 보겠죠. 그렇지만 그건 어디까지나 남들이 보는 관점이고 10등을 한 학생은 그렇게 생각하지 않을 거예요. 그의 만족감은 5등을 목표로 했다가 5등을 한 학생에 비해 조금도 부족하지 않단 얘기예요.

아버지   그러니까 우리는 여기에서 두 가지 평가, 즉 상대 평가와 절대 평가를 보게 되는 거야, 그렇지?

아들   네.

아버지   이때 더 중요한 평가는 어떤 거지?

아들   절대 평가요. 그렇지만 상대 평가도 중요하긴 할 거예요.

아버지   우리는 이 문제를 이렇게 정리해야 할 것 같구나. 먼저, 절대 평가의 입장에서 볼 때 두 사람은 완전히 같은 행복을 누린다고 말할 수 있어. 그렇지만 상대 평가의 입장에서 볼 때는 5등을 한 학생이 10등을 한 학생보다 더 행복하다고 말할 수 있지. 그러니까 종합적으로는 5등을 한 학생이 더 행복하다고 말할 수 있지만, 상대 평가를 초월할 수 있는 마음가짐을 가진 경우에 한하여 두 사람의 차이는 없는 거야, 그렇지?

아들   네.

아버지   이로써 우리는 절대 평가가 매우 중요한 걸 알게 된 셈이야. 절대 평가로써 상대 평가를 무시할 수 있느냐 없느냐에 따라 거지가 재벌보다 더 행복할 수도 있다는 게 밝혀졌으니까 말야.

아들   (웃으며) 이로써 부자로 살면서도 늘 고민에 잠겨 있는 사람과

일용직으로 근무하면서도 늘 웃음을 잃지 않는 사람의 비밀이 설명된 것 같네요. 제 친구들 중에도 이와 비슷한 사례가 있어요. 늘 좋은 성적을 올리지만 불안해하는 아이가 있는가 하면, 하위 클래스의 성적을 올리면서도 늘 명랑한 아이가 있거든요.

아버지 비슷한 사례는 어른들의 사회에서도 얼마든지 찾아볼 수 있지. 자, 그럼 다시 처음으로 돌아가볼까? 상대 평가가 이뤄지는 곳이 우물가(경쟁 사회)라는 것은 이미 우리가 확인한 그대로인데, 그렇다면 절대 평가가 이루어지는 곳은 어디지?

아들 그거야 우물로 나가기 전의, 그러니까 나 자신의 마음이에요. 자기의 마음 안(내면)에서 절대 평가가 이루어지는 거죠.

아버지 그래. 절대 평가가 이루어지는 곳은 자기의 마음속이야. 그렇다면 상대 평가가 이루어지는 우물가(사회)는 여러 사람이 모여 있는 곳이라는 점에서 밖, 또는 '광장'이라고 부르고, 절대 평가가 이루어지는 마음은 내가 나 자신을 상대하는 나만의 공간이라는 점에서 안, 또는 '골방'이라고 부를 수 있지 않을까?

아들 아주 적절한 비유인 것 같아요.

아버지 그리고 컵 줄이기는 바로 그 골방에서 이루어지는 거야, 그렇지?

아들 네.

아버지 그럼 다시 물어볼까? 광장과 골방 중에서 더 중요한 공간은 어느 곳이지?

아들   둘 다 중요한 것 같은데요.

아버지   그렇지만 굳이 둘 가운데 더 중요한 곳을 찾는다면?

아들   어쩐지 골방이 더 중요할 것 같긴 한데, 이유는 잘 모르겠어요.

아버지   네가 출발하는 곳, 그리고 마지막 도착하는 곳이 어딘지를 생각
       해보면 답이 나올 텐데?

아들   그렇다면 답은 골방이겠네요.

아버지   그래. 모든 사람은 사회로 나아가기 전에 먼저 자기 자신으로부
       터 출발하게 마련이야. 또한 자기 자신은 삶을 마지막으로 귀결
       짓는 곳이기도 해. 우리는 먼저 나 자신으로부터 시작하여 사회
       로 나아가고, 마지막에 다시 나 자신으로 돌아온단 얘기야. 이때
       나 자신이라는 것은 곧 내 마음이니까 결국 우리는 한편으로는
       소유의 증대를 추구하지만 다른 한편으로는 욕심을 줄이는 것,
       즉 소욕지족(少慾知足)의 마음을 갖는 것이 중요하다는 결론에 도
       달한 셈이야.

       이것이 바로 내적 수양인데, 내게는 이 내적 수양은 지금 이 시
       대에는 거의 잊힌 덕목이 되어버린 것처럼 느껴지는구나. 옛날
       조선 시대 선비들은 모두 마음을 수양하는 것을 기본으로 삼았
       었지. 그 때문에 당시에는 인격이 고매한 지도자들이 많았지만
       요즘은 어떠니?

       예를 들어 장관이 되려고 청문회에 나오는 분들을 보면 어찌도

그리 문제투성이인지. 이때 문제가 되는 것은 대개가 다 편법·탈법과 관련된 것인데, 우리의 논의에 대입해볼 때 그 편법·탈법들은 모두가 다 지나친 희구로부터 시작된 것들이야. 그들은 자기의 능력 이상을 바랐고, 그 지나친 희구를 제어하는 내적 수양의 힘이 부족했기 때문에 편법과 탈법을 저질렀단 얘기야.

그들은 100의 능력을 가졌으면서도 500의 희구를 가졌고, 그 넘치는 부분은 잘 제어하지(참지) 못했어. 그래서 그 부족분을 채우기 위해 온갖 부조리를 저지른 거야. 이것은 그들이 상대 평가상으로는 장관에 근접할 정도의 성공을 거두었지만 절대 평가상으로는 마음의 빈 컵을 만족시키지 못한, 실제적으로는 매우 불만족한 삶을 살고 있다는 것을 의미해.

따라서 넌 너의 인생을 꾸려나감에 있어서 컵과 물의 조화에 유념하도록 하렴. 한편으로는 너는 너의 능력을 최대한으로 키워서 경쟁 사회에 나가 많은 물을 퍼와야 해. 이때 네가 치르는 그 경쟁이 공정한 경쟁이어야 함은 재론의 여지가 없겠지.

그러나 네가 그 경쟁에서 최고 등위를 차지한다고 해서 너의 빈 컵이 만족되는 것은 아니라는 것을 명심해야 해. 컵은 끊임없이 새로 생겨나고 자라나는 특성을 갖고 있기 때문이지.

따라서 넌 광장에서 열심히 노력을 다한 다음 골방으로 돌아와 너 자신의 마음을 살펴봐야 해. 혹시라도 자신의 마음 안에 능력

이상을 바라는 지나친 희구가 없는지를 감시하는 거지.

우리는 물을 퍼오는 것을 '능력 키우기'로써 달성할 수 있고, 컵을 줄이는 것을 '욕망 줄이기'로써 달성할 수 있단다. 바꿔 말해서 사람은 이 두 가지, 즉 능력 키우기와 욕망 줄이기를 조화시킴으로써 보다 행복한 삶을 살 수 있어.

만일 이런 식으로 삶을 꾸린다면 너뿐만 아니라 세상의 모든 사람이 삶에 만족할 수 있겠지. 1등을 한 사람과 마찬가지로 10등을 한 사람도 10등으로 만족할 수 있을 테니까 말야.

아들 잘 알았어요. 그러고 보니 인생의 요점은 아주 간단하군요!

아버지 그러니까 나는 두 가지의 조화를 말한 셈이네? 지난 번에는 지(知)와 정(情)의 조화를 말했는데 이번에는 희구와 조절의 조화를 말한 셈이니까.

아들 그렇군요.

아버지 그렇지만 아들아, 너는 또 하나 새로운 조화를 배워야 한단다.

아들 그게 뭐죠?

아버지 (웃으며) 글쎄…… 그게 뭘지는 일주일 동안 곰곰 생각해보렴. 훌륭한 멘티라면 그 정도는 스스로 찾아낼 수 있겠지?

아들 그래도 힌트는 주셔야죠.

아버지 그럴까? 그동안 우린 사람을 인류로서 다룬 것이 아니라 인류로부터 한 인간만을 따로 떼어놓고, 즉 개별자로서의 개인을 다뤄

왔어. 그렇지만 사람은 사회적 동물이잖니? 그래서 다음 시간에는 개별자로서의 인간을 둘러싼 이 세계, 즉 타자에 대해 생각해보는 시간을 갖도록 하자꾸나.

결론을 미리 말한다면 너는 너 자신이라는 개인으로서는 지성·감성의 조화와 함께 컵과 물의 조화를 추구해야 해. 그렇지만 너는 타자(세계)와도 조화를 이루는 삶을 살아야 해. 즉, 우리는 1. 지성과 감성의 조화, 2. 능력 키우기와 욕심 줄이기의 조화, 3. 나와 남의 조화를 이루어야 한단다.

이중 3번에 대해 잠시 생각해보자. 먼저, 나와 마찬가지로 남에게도 그 사람의 의지가 있어. 내가 개별자이듯이 그 또한 개별자이고, 내가 나만의 의지를 갖고 있듯이 그는 그만의 의지를 갖고 있으며, 내가 바라는 것이 있듯이 그 또한 바라는 것이 있단 얘기야. 따라서 나와 남(타자)은 경쟁 관계에 있다고 할 수 있어.

그러나 다른 한편으로 나는 타자와 협력 관계를 형성하기도 해. 여기에서 인간의 이기성과 이타성, 또는 이기적 인간과 이타적 (협력적) 인간이라는 두 개념이 나오게 되는데, 오늘 나와 토론한 것들과 더불어 이 점에 대해서도 일주일 동안 여러 관점에서 생각해보도록 하렴.

아들　그렇게 할게요.

- 컵이 사람이 바라는 모든 것(희구, 욕구, 욕망)을 의미한다고 할 때, 사람에게는 행복하기를 원한다든가, 의사가 되기를 원한다든가, 높은 내신성적 얻기를 원한다든가 하는 여러 가지 컵이 있다. 그 모든 컵들은 다시 큰 것 하나로 묶어 생각해 볼 수도 있다.

- 컵을 만족시키는 방법에는 두 가지가 있는데, 그 첫 번째는 우물가(사회)에 나가서 물을 퍼오는 것이다. 그런데 우물가에는 나 말고도 많은 사람들이 모여 들어 물을 퍼가려고 하기 때문에 자연 사람들 간에는 경쟁이 벌어지고, 경쟁에서 이긴 사람이 먼저, 더 많은 물을 퍼가게 된다.

- 공정 경쟁이 이루어지는 사회를 기준으로 물을 퍼가고 못 퍼가는 것을 결정하는 것은 능력이다.

- 그러나 컵은 자꾸만 생겨나게 마련이다. 한 컵을 만족시키고 나면 다른 컵이 생기는 것이다. 따라서 '빈 컵 → 만족, 빈 컵 → 만족, 빈 컵 → 만족……'으로 이어지는 이 과정에 끝은 없다. 즉, 인생에서 작은 컵들을 만족시킬 수는 있다고 하더라도(그조차도 쉽지 않다) 인생의 모든 컵을 만족시키는 것은 매우 드물다.

- 그 때문에 빈 컵을 채우는 두 번째 방법이 제안되는데, 그것은 컵을 줄이는 것, 즉 욕심을 줄이는 것이다. 200cc의 컵을 가진 사람에게 100cc의 물은 불만족이지만, 그가 컵을 100cc로 줄이는 순간 그는 만족에 도달하게 되는 것이다.

- 100cc의 컵을 만족시킨 사람과 200cc컵을 만족시킨 사람은 자신이 느끼는 만족도에서는 아무런 차이가 없다. 그 차이는 남들이 바라보는 상대적 평가의 장에서만 유효하고, 자신이 느끼는 절대적 평가의 장에서는 아무런 의미도 없는 것이다. 이중 더 중요한 것은 자신의 느낌, 즉 절대적 평가이다.

- 상대 평가가 이루어지는 곳은 사회, 즉 밖인데 비해 절대 평가가 이루어지는 곳은 자신의 내면, 즉 안이다. 전자는 '광장', 후자는 '골방'에 비유된다.

- 이 둘 중에서 보다 근본적이고 중요한 곳은 골방이다. 그것은 광장에서는 완전한 만족이 기대될 수 없지만, 골방에서는 그것이 기대될 수 있기 때문이다. 이 때문에 수많은 선철(先哲)들은 마음을 다스리라고(욕심을 줄이라고), 즉 내적 수양을 하라고 가르쳤다.

- 내적 수양이 부족하게 되면 욕심이 자라게 되고, 그 결과 능력에 비해 터무니없을 정도로 많은 것을 바라게 된다. 만일 100의 능력을 가진 사람이 1000을 바란다면? 그 경우 그는 모자라는 900을 제어하지(참지) 못하여 불법, 탈법을 저지르게 된다.

- 경쟁 사회에서 최고 등위를 차지한다고 해도 그것만으로 마음의 만족이 완성되는 것은 아니다. 내면에서 컵 줄이기를 하지 않는다면 그의 성취는 아직도 부족한 것

으로 남을 것이기 때문이다. 따라서 우리는 경쟁 사회에서의 성취를 위해서는 능
력 키우기에, 내면에서의 컵 줄이기를 위해서는 욕심 줄이기에 노력을 기울여야
한다. 이 둘의 조화를 통해 우리는 만족하는 삶, 행복한 삶에 근접할 수 있는 것
이다.

● 능력 키우기라는 관점에서 볼 때 타자(남)는 나와 경쟁 관계에 있다. 이 점에서 인
간은 이기적인 존재이다. 그러나 다른 한편 타자는 나와 협력 관계를 맺을 수도 있
다. 이 점에서 인간은 이타적인(호혜적인) 존재이다.

인간

우리는 이기적 존재인가 이타적 존재인가

아들과 아버지의 대화는 사정 때문에 한 달간 끊겼다가 오랜만에 다시 이어졌다.

아들이 아버지에게 묻는다.

아들   지난달에 아버지께서 이기적 인간과 이타적 인간이라는 말씀을 하셨잖아요?

아버지   그래.

아들   그리고 또 아버지는 컵(희구, 욕구, 욕망)을 채우는 두 가지 방법으로서 1. 능력 키우기를 통한 물 퍼오기와 2. 욕망 줄이기로써 컵을 줄이는 방법에 대해서도 말씀하셨어요.

아버지   그래, 그랬었지.

아들   그래서 제가 그 두 가지 관점을 갖고 생각도 해보고 학교 도서관에서 관련 있는 책을 빌려다 읽어보기도 했어요.

아버지   어떤 책들을 읽었니?

아들   먼저 법정 스님의 《무소유》를 읽었고요, 애덤 스미스의 《자본론》은 고등학생을 위해 요약한 것을 읽었어요. 그리고 전에 읽은 적이 있었던 마키아벨리의 《군주론》과 마르셀 로스의 《증여론》을 다시 한 번 훑어봤어요.

아버지   참 훌륭하구나. 목록만으로 보면 네 생각이 아주 풍성해졌을 것 같은데?

아들   그렇지도 않아요. 그 책들이 무슨 얘기를 하려는 건지는 대충 알겠는데, 이 내용들을 전국지도적인 관점에서 어떻게 정리해야 할지는 여전히 난감해요.

아버지   그래도 어느 만큼은 정리되었을 것 같은데?

아들   그건 그래요.

아버지   그러니까 네가 정리한 데까지만 말해봐. 그런 다음 우리 그 다음을 이어 대화를 나누기로 하자.

아들   그런데 그보다 먼저 말씀 드릴 게 있어요. 아버지께서는 지난 번에 사람은 세 가지 관점에서 조화를 해야 한다고 말씀하셨어요. 즉, '지성과 감성의 조화, 능력 키우기와 욕망 줄이기의 조화, 나와 남의 조화'를 이루어야 한다는 게 아버지의 견해셨죠. 그런데 저는 조화해야 할 것 중에 한 가지가 빠진 게 아닐까 생각해요.

아버지 그래? 그게 뭔데?

아들 몸과 마음의 조화요. 기억하시겠지만 저희는 토론을 시작하던 초기에 '나는 몸과 마음으로 되어 있는데 그중 중요한 것은 마음'이라는 전제하에 논리를 전개했었잖아요?

아버지 응. 그랬지.

아들 물론 마음은 중요해요. 그렇지만 그렇다고 해서 몸을 무시할 수는 없어요. 아니, 몸 없는 마음이 가능하기나 한가요? 제가 전에 읽은 어떤 책에 따르면, 이 주제에 대해서는 몸(뇌)이 마음을 낳는다는 입장과 마음이 몸(뇌)의 주인이라는 입장이 대립한다고 하더군요. 아직 결론이 내려지진 않았다는 거죠.

근데 참 미묘하긴 해요. 뇌에서 마음이 나오고, 마음의 활동이 다시 뇌에 영향을 미치는 이 순환이 말이에요. 뇌에서 마음이 나오는 점에서 보면 몸이 마음의 어머니인 것 같은데, 마음이 뇌에 영향을 미치는 점에서 보면 마음이 몸의 주인인 것 같기도 하거든요.

아버지 유물론(唯物論)이 전자에, 유심론(唯心論)이 후자에 근거하고 있음을 생각할 때, 그리고 유물론과 유심론은 철학적으로 아직도 해결되지 않은 주제임을 생각할 때, 이 논의의 결론은 앞으로의 학문의 발달을 더 지켜봐야 할 것 같구나.

아들 어쨌거나 제가 반드시 유물론을 지지하는 것은 아니라고 하더라도 몸 또한 마음 못지않게 중요하다는 것은 분명해요. 따라서 저는 아버지가 말씀하신 앞의 세 가지에 몸과 마음의 조화를 포함시켜서, 사람이 조화시킬 것은 네 가지로 봐야 한다고 생각해요.

아버지 훌륭하구나!

아들 제 생각에 아버지도 동의하시는 건가요?

아버지 그럼, 동의하고말고! 그리고…… 내 판단으로는 인간이 몸과 마음으로 이루어진 존재라는 점은 이기적 인간과 이타적 인간을 다루는 데 있어서도 유념해야 할 요소인 것 같구나.

아들 그러니까 아버지는 몸과 마음의 조화를 몰라서가 아니라 아시면서도 이번 토론에서 거론하기 위해 짐짓 감춰두고 계셨던 거군요?

아버지 뭐, 감춰둔 것은 아니고, 그냥 나중에 다루면 되겠다고 생각했어.

아들 어쨌거나 저는 앞의 네 책들을 두 그룹으로 나눌 수 있다고 봐요. 그 경우 《무소유》와 《증여론》이 한 묶음이 되고, 《자본론》과 《군주론》이 다른 한 묶음이 되겠죠.

아버지 그럼 말해줄래? 한 묶음으로 묶인 두 책들은 어떤 점에서 같은 거지?

아들 먼저 《무소유》와 《증여론》은 이타적 인간을 지향하는 점에서, 《자본론》과 《군주론》은 이기적 인간을 지향하는 점에서 같아요.

그렇지만 이건 대충 볼 때 그렇다는 것이고, 보다 자세히 살펴보면 반드시 이 단순한 분류가 맞지 않을지도 몰라요.

아버지   그건 그래. 인간이라는 존재는 단순한 것이 아니어서. 어떤 점에서 보면 이기적인 존재인 것 같은데, 다른 점에서 보면 이타적인 존재인 것도 같은 것이 인간이지.

아들   그렇지만 우리는 이 둘 중 우선하는 것이 무엇인지를 밝혀야 하지 않을까요? 그래야만 두 구슬을 줄에 잘 꿸 수 있을 테니까 말이에요.

아버지   그렇지. 그러니까 우리는 비록 어렵긴 할지라도 이 문제를 진지하게 다루어보도록 하자꾸나. 먼저, 나는 이 문제에 대해서도 토론의 원점을 개별자, 즉 ‘나’로 잡아야 한다고 생각하는데 네 생각은 어떠니?

아들   ‘토론의 원점을 나로 잡는다’는 것은 무슨 뜻이죠?

아버지   이 경우 나에 상대되는 것은 나 아닌 모든 것, 즉 ‘세계’야. 내 말은 이 토론을 ‘세계로부터 시작해서 나를 향해 좁혀올 것인가’ 또는 ‘나로부터 시작해서 세계로 넓혀갈 것인가’라는 두 가지 방법 중에서 전자를 택해야 한다는 의미야.

아들   왜 그래야만 하죠?

아버지   그것이 인류 문명사가 가리키는 방향이니까.

아들   갑자기 인류 문명사라니, 무슨 말씀이세요?

아버지 그걸 설명하려면 이야기가 좀 길어질 수밖에 없는데…….

아들   그래도 설명해주세요.

아버지 인류의 문명사는 약 6천 년 정도의 역사를 가지고 있어. 너도 알
      다시피 세계 문명은 각각 유프라테스와 티그리스 강을 중심으로
      한 메소포타미아 문명, 나일 강을 중심으로 한 이집트 문명, 인더
      스 강을 중심으로 한 인도 문명, 황허 강을 중심으로 한 중국 문
      명에서 시작되었는데, 이들 문명이 시작된 것이 기원전 4천 년경
      이니까 말야.

아들   네, 그건 저도 알아요.

아버지 그리고 인류의 문명사가 고대, 중세, 근대, 현대로 나뉜다는 것도
      알고 있지?

아들   네, 알고 있어요.

아버지 그런데 우리가 지금 토론하는 주제, 즉 인간은 이기적인 존재인
      가 이타적인 존재인가 하는 문제를 '세계로부터 나 자신으로 좁
      혀 오는 방식으로 다룰 것인가' 아니면 '나 자신으로부터 세계를
      향해 확대하는 방식으로 다룰 것인가' 하는 주제와 관련하여 본
      다면, 문명사는 단순히 고대와 현대라는 두 시기로 나눌 수 있다
      고 봐. 이 경우 중세는 고대에 속하고, 근대는 현대에 속한다고
      봐야겠지?

아들   저도 동의해요.

아버지 그렇다면 말해볼래? 고대와 현대를 구별짓는 것은 뭐지?

아들 제가 배운 것은요, 인류 문명이 근대로 접어든 것은 17~18세기부터라는 것과 중세(고대)와 근현대의 차이점은 정치적으로는 민주주의가, 경제적으로는 자본주의가 발달하게 되었다는 거예요.

아버지 그래, 그렇다면 민주주의와 자본주의의 근본은 뭐지? 그것들은 무엇을 기초로 성립할까?.

아들 글쎄요.

아버지 결론부터 말하면 그것이 바로 '나'야. 즉 개별자로서의 '개인'을 근본으로 민주주의도 성립하고, 자본주의도 성립한다는 얘기야. 내 말은 민주주의와 자본주의는 사회적인 것(앞에서 구별한 '나'와 '세계' 가운데 후자)에 관한 제도이지만, 두 제도의 근본은 개별자로서의 개인, 즉 나란 얘기야.

우리는 이 점을 이해하기 위해서 근대가 열리기 직전, 즉 근대의 여명기라고 할 수 있는 르네상스 시기의 특징을 생각해봐야 해. 너도 아는 것처럼 르네상스는 14~16세기에 이탈리아를 중심으로 일어난 반(反) 중세적 문예 부흥운동이야.

르네상스 운동이 일어난 배경에는 중세 천 년 동안 종교가 모든 것을 재단하고 결정하는 체계, 즉 인간성에 대한 종교적 억압이 있어. 이 억압에 대해 반기를 든 것이 문예 부흥인 거지. 즉, 르네상스 운동은 종교적 초합리성(비합리성)에 대한 합리성과, 초세속적 초월에 대한 세속성의 가치가 다시금 발견되고 부흥한 시기야.

르네상스(renaissance)라는 말은 재생(再生)을 의미하고, 이 경우 재생되어야 하는 것이 고대 그리스 문화라는 건 너도 알지? 이때 고대 그리스의 문화는 중세 문화와 달리 인간 중심(신 중심이 아닌)의 문화, 합리성과 세속성을 중시하는 문화였지. 르네상스 기에는 이것이 강조되어 문학, 미술, 건축 등 여러 방면에서 놀랄 만한 성과를 냈어.

그리고 그 성과가 근대를 낳는 데 결정적인 영향이 끼쳤어. 그러니까 근대와 현대는 르네상스 시기에 재생된 그리스적 인간 중심, 합리성 중심, 세속성 중심의 문화가 더욱더 발달한 시기라고 보면 돼. 그리고 그것이 현대에 이르러 더욱더 발달하게 되는데, 그 중심에 과학이 있어.

인류 문명사를 고대와 현대로 나눌 경우, 고대의 끝부분에 해당되는 인간 중심, 합리성 중심, 세속성 중심의 르네상스적인 경향은 근현대로 갈수록 더욱더 두드러지게 돼. 그렇다면 르네상스를 이어받아 근대가 열리는 기점을 어디로 보면 좋을까? 많은 학자들은 르네 데카르트의 철학적 명제에서 그것을 찾아. 너도 들은 적이 있지. 데카르트의 유명한 '나는 생각한다. 고로 존재한다.'라는 명제에 대해서 말야.

아들   물론이죠.

아버지 학자들은 왜 데카르트의 이 명제가 근대를 여는 데 결정적인 기
여를 했다고 보는 걸까? 그것은 이 명제가 개인, 즉 나를 발견하
고 강조했기 때문이야. 다시 말해 근대는 데카르트의 이 명제에
나타는 개별자로서의 나를 바탕으로 형성되었다는 이야기야.
데카르트는 명증(明證)한 철학적 기초를 발견하기 위해 모든 것을
의심했어. 그 기초 위에서 자신의 철학을 구축하고 싶어한 건데,
그걸 내 식으로 바꿔 말하면 그는 명증한 철학적 기초를 첫 번째
구슬(제1원리)로 삼은 다음 두 번째 구슬, 세 번째 구슬들을 꿰려
고 한 거야.

그래서 그는 자명하지 않은 모든 구슬(지식)을 의심할 수밖에
없었어. 그러나 "내가 이처럼 모든 것을 진실이 아닌 가상, 허위
라고 의심하는 동안에도 그렇게 생각하는 나는 무언가를 깨닫
는다는 것이라는 점에서 '나는 생각한다. 고로 나는 존재한다.'
라는 진리는 회의론자의 어떤 터무니없는 상정(想定)으로도 흔들
릴 수 없을 만큼 견고하고 확실한 것임을 알았다." 하는 결론을
내렸어.

우리의 토론에 대입하여 생각해볼 때 '나는 생각한다. 고로 존재
한다.'의 반대편에는 '사회(남, 세계)가 이렇게 생각한다. 그러므

로 내가 존재한다.'가 있다고 봐야 해. 즉, 데카르트의 이 명제 안에는 남이라든지 사회라든지 세계라는 것이 없어. 그 모든 것들은 내가 성립한 다음의 이야기란 거지.

그렇다면 데카르트 이전 사람들, 즉 고대인들은 내가 모든 것의 처음이라는 것, 내가 그토록 중요하다는 것을 몰랐을까. 물론 그것을 몰랐을 리는 없겠지. 다만 그들은 나를 모든 구슬 중 첫 번째 구슬이라고 생각하지 않았어. 그것을 두 번째 이하의 구슬로 봤다는 얘기지.

고대인들의 입장에서 보면 나는 세계(남, 신)가 있은 후에 존재하게 되는 존재로서 세계에 비해 열등한 거야. 이렇게 되면 나는 세계의 일부가 되는데, 이 세계라는 것의 다른 이름이 사회야. 즉, 우리가 고대인으로 태어난다는 것은 사회에서 분리된 존재, 즉 개인으로서의 나로서 태어난다는 의미가 아니라, 사회의 일원, 다시 말해 가정의 일원, 마을의 일원, 가문의 일원, 종족의 일원, 교회의 일원, 국가의 일원으로 태어난다는 것을 의미했어.

우리는 그 예를 조선 시대에 태어난 어떤 아이를 상정해봄으로써 잘 알 수 있어(유럽사에서는 17~18세기에 근대가 시작되었지만 우리나라의 경우에는 조선 시대가 끝난 이후에야 근대가 열렸다고 봐야 해). 그 경우 그 아이는 아버지의 아들로서 태어나는 것을, 김해 김씨 가문의 일원으로 태어나는 것을, 그가 양반 집안의 일원으로 태어나는 것을, 그가 하회 마을 사람으로 태어나는 것을, 그가 특정 학파 유학자의 일원으로 태어난다는 것을, 또한 그가 조선 신민(臣民)으로 태어나는 것을 의미했어.

따라서 그 아이는 개별자로서의 자기만의 독립된 사고나 행동을 해서는 안 돼. 그 아이는 아버지의 아들로서 아버지가 시키는 대로 행동해야 해. 미성년 시절은 물론 성인이 되어서까지도 아버지가 이 일을 하라면 그 일을 하고, 이 처녀와 결혼하라면 그 처녀와 결혼해야 하는 거지.

사정은 가문에 대해서도 마찬가지야. 그 아이는 가문의 의지에 반하는 행동을 할 수 없어. 만일 그 아이의 가문이 다른 어떤 가문과 원수 간이라면 그 아이는 그 가문 출신과는 어울려서도 안 되는 거지. 또한 그 아이는 자기 마을의 일원으로서 자기 마을의 전체 의지에 따라 행동해야만 했고, 조선의 신민으로서 왕의 의지에 따라 행동해야만 했어.

그렇지만 근현대인은 그렇지 않아. 우리는 현대인으로서, 그가 만일 성인이라면 그 자신만의 의지에 따라 행동할 수 있어. 아버지(어머니)와 다른 의지를 가지고 아버지의 뜻에 반하는 행동을 할 수 있고, 아버지가 강요하는 사람이 아니라 자기가 좋아하는 사람과 결혼할 수 있으며, 자기 마을의 의지에 반하는 행동을 할 수도 있고, 자기의 뜻에 따라 종교를 선택할 수도 있고, 나라의 뜻에 반하는 의견을 피력하거나 반하는 행동을 할 수도 있어.

아들 그렇기는 하지만 현대인도 사회로부터 제약을 받고 있긴 하잖아요?

아버지 물론 그렇지. 그렇지만 현대의 민주주의가 데카르트적인 개인을 전제로 성립한다는 점에서, 현대인의 사회적 제약은 고대인의 사회적 제약과는 달라.

고대 왕 중심의 정치 체제와는 달리 민주주의는 사회적 계약으로서의 법을 기초로 성립하는 제도야. 민주주의는 다수의 나, 즉 무수한 개인들이 모여서 합의하에 만들어낸 제도야. 이 합의가 곧 사회적 계약으로서의 법인데, 바꿔 말해서 고대인에게는 '1. 사회가 있다, 2. 그 사회에 속하는 내가 있다'고 한다면 현대인에게는 '1. 내가 있다, 2. 다수의 내가 모여 사회를 이룬다'가 되는 거야.

이것이 바로, 민주주의 헌법이라면 반드시 들어가게 마련인 '국가의 주권은 국민에게 있다. 모든 권력은 국민으로부터 나온다.'라는 명제야. 이에 반해 고대인에게 있어서 권력은 국민이 아니라 왕(사회)에게서 나와.

이렇듯 나로부터 시작하여 사회를 이루거나 지향하는 것은 정치

제도를 넘어 다른 모든 분야에서도 근현대를 고대와 구별짓는 특징이라고 할 수 있어. 이 때문에 내가 이 토론이 앞부분에서 너에게 개별자로서의 나를 그토록 강조한 것인데, 그렇다고 해서 민주주의 제도나 근현대인의 사고에서 사회가 중요하지 않다는 의미는 아니란 건 알지? 나는 다만 순서에 있어서 근현대는 (인류 문명사는) 우리에게 먼저 개인으로서의 나 자신을 독립적으로 정립할 것을, 그런 다음에 나를 사회적으로 확장할 것을 가리키고 있다는 점을 강조하는 것뿐이야.

아들 　잘 알았어요.

아버지 　여기에서 우리의 토론 주제로 돌아가 볼까? 우리의 토론 주제가 뭐였지?

아들 　인간은 이기적인 존재인가, 또는 이타적인 존재인가요.

아버지 　그래, 그랬었지. 그런데 지금까지 논의한 것에 비추어 볼 때 우리는 그 주제에서의 인간을 종(種) 전체로서의 인간이 아니라 한 개인으로서의 인간으로 잡아야겠구나, 그렇지?

아들 　그렇군요.

아버지 　그럼 대답해볼래? 인간에게 이기적인 면과 이타적인 면이 공존한다고 할 때, 둘 중에 어떤 것이 개인적인 인간으로서의 부분이고, 어떤 것이 사회적인 인간으로서의 부분이지?

아들 　(잠시 생각한 다음) 아마도 이기적인 면이 개인적인 인간으로서의 부분이고, 이타적인 면이 사회적인 인간으로서의 부분인 것 같은데요.

아버지 그래, 맞아. 그렇다면 우리가 지금까지 정리한 것에 비추어 볼 때 인간의 두 특성 중 이기적인 부분이 먼저일까, 아님 이타적인 부분이 먼저일까? 바꿔 말해서 인간은 기본적으로 이기적인 동물이니, 이타적인 동물이니?

아들 (망설이다가) 이제까지의 논의대로라면 결론은 인간은 기본적으로 이기적인 동물이라는 결론이 나오는데, 어쩐지 동의하기가 거북해요.

아버지 그렇지? 마음이 불편하지?

아들 네.

아버지 그렇다면 너를 불편하게 하는 그 마음은 어디에서 나오는 거지?

아들 남을 생각하는 마음?

아버지 그래. 바로 그거야. 남을 생각하는 마음. 더 정확하게 말하면 남의 고통과 행복에 공감하는 능력, 즉 감정이입(感情移入)을 할 줄 아는 마음이 인간의 이기성을 긍정하지 못하도록, 이기성을 긍정할 경우 마음이 불편해지도록 만들어.

인간에게는 남의 고통과 행복에 공감할 줄 아는 특별한 능력이 있고, 그 능력에 의해 인간은 이기적인 존재라는 기초를 넘어 이타적인 존재로 나아가게 돼. 남의 고통을 덜어주고, 남의 행복을 증진시켜 주는 노력을 기울이게 되는 거지.

그렇긴 하지만 그와 같은 이타성은 이기성 다음에 일어난다는 것, 다시 말해 이기적인 마음이 먼저 일어난 다음 이기성을 이겨 내는 이타성의 마음이 일어난다는 것만은 분명해. 따라서 우리는 이 주제를 '1. 인간은 이기적인 존재이다(사실)'로부터 시작해서 '2. 그러나 이타적인 존재를 지향해 나아가야 한다(당위)'고 정리할 수 있어.

이때 1은 인간의 동물적인 부분이고, 2는 인간의 인간적인(동물과 구별되는 면에서) 부분이라고 말할 수 있는데, 다른 관점에서 보면 1은 인간의 생물학적인 부분이고, 2는 인간의 윤리적인 부분이라고도 말할 수 있겠지.

따라서 우리는 먼저 1을 검토해야만 하는데, 그렇다면 왜 인간은 이기적인 것을 기초로 하는 존재인 것일까? 그것은 내가 하나의 개체(개별자)로서 세계와 분리된 존재이기 때문이야.

내가 세계로부터 분리되어 존재한다는 것의 의미는 나는 세계가 아니고 세계는 내가 아니라는 것, 다시 말해 세상은 나와 나 아닌 것으로 구별된다는 것을 의미해.

그렇게 세계와 분리된 존재로서 나는 몸과 마음을 갖고 있어. 몸과 마음(생각, 정신, 영혼)에 대해서, 데카르트는 이중 생각(마음)을 내 존재의 실체 그 자체라고로 봤어. 그는 "나는 하나의 실체로서 그 본질이나 본성은 오직 생각한다는 것 이외의 아무것도 아니며, 존재하기 위해서는 장소도 필요 없고, 다른 어떤 물질적인 것에도 의존하지 않는다. 따라서 이 '나'라는 것, 즉 나로 하여금 나일 수 있게 한 '정신'은 물체에서 완전히 분리된 것이며, 또한 정신은 물체보다 인식하기 쉽고, 설사 물체가 존재하지 않는다고 해도 정신은 그것이 존재하는 것임을 그치지 않는다."라는 거야.

이처럼 데카르트는 세계에서 나를 분리한 다음, 나에게서 정신(마음)과 물질(몸)을 분리했는데, 그럼에도 불구하고 정신과 물질은 하나의 연합체로서 나를 형성하고 있고, 나와 세계 또한 하나의 연합체로서 '나를 포함하는 세계 전체'를 형성하는 것이 또한 사실이라고 봐야겠지?

이렇게 해서 우리는 한편으로는 세계에서 나를 분리하고, 다른 한편으로는 나를 세계와 조화시킬 수밖에 없다는 데 이르렀는데, 같은 방식으로 우리는 또한 나의 마음과 몸을 조화시켜야만 해.

그렇다면 마음과 몸이 조화된다는 것은 무슨 뜻일까? 그것은 곧 행복한 상태인데, 이 모든 것의 기초는 생존이야. 생존이 무너지고 보면 그 다음의 어떤 것도 이루어질 수 없으니까 말야.

그러므로 먼저 생존해야 한다는 사실로부터 인간이(모든 생명체

가) 이기적인 존재가 된 것이라고 봐야 해. 생존에서 시작해서 인간은 다음 단계에서 생존을 보호하는 울타리를 칠 필요, 즉 보호막을 설치할 필요를 느끼게 되는데, 이 보호막의 이름이 '경제'야. 바꿔 말해서 경제가 나의 생존, 즉 먹을 것, 입을 것, 잠잘 곳을 제2차적으로 보장해주는 거지.

나의 이같은 의견을 인본주의 심리학자인 매슬로(A. Maslow)의 욕구 5단계설에 대입하면 생존은 제1단계 욕구, 경제는 제2단계 욕구에 해당돼(그는 제2단계 욕구를 '안전의 욕구'라고 불렀는데 내가 그것을 '경제'로 바꿔 말한 거야). 매슬로의 욕구설에 따르면 인간에게는 '1. 생존의 욕구, 2. 안전의 욕구, 3. 사랑의 욕구, 4. 존재 확인의 욕구, 5. 자아실현의 욕구'가 있어.

물에 빠진 사람 구해줬더니 보따리 내놓으라고 한다는 말이 있지? 여기서 '물에 빠진 상태'는 생존의 욕구(제1단계 욕구)가 발동하는 때이고, 보따리를 아쉬워하는 것은 안전의 욕구(제2단계 욕구)가 발동하는 때란 얘기지.

보다 상위의 욕구가 발동할 때 사람은 하위 욕구를 잠시 접게 마련이야. 물에 빠져 생사가 위태로울 때 인간에게는 보따리든 무어든 별로 중요하지 않아. 그러나 일단 생사의 위험을 벗어나게 되면 그때는 다르지. 그때는 경제적인 것을 요구하게 되는데, 다시 생각해보면 이 요구는 다시는 물에 빠지는 일이 없도록, 생사

의 위험을 미리 예방하는 점, 즉 생존에 울타리를 치는 등 보호
막을 만드는 점에서 가치가 있어. 따라서 나는 안전의 욕구가 생
존의 욕구에 의존한다고 본단다.

하위 욕구가 상위 욕구에 의존하는 것은 사랑의 욕구(제3단계 욕
구) 또한 마찬가지야. 우리는 이 욕구를 '감성(감정)의 욕구'라는
말로 바꾸어 토론하기로 하자.

이 욕구의 단계에서 인간은 물질(몸)의 욕구를 넘어 정신(마음)
의 욕구를 추구하기 시작해. 나 아닌 누군가와 교류, 즉 친밀감
(사랑)을 나눌 필요를 느끼는 거지. 그러니까 이 단계에서 인간
은 비로소 나 아닌 것으로서의 세계, 즉 남들과 소통을 시작하는
거야. 그런데 잘 생각해보면 이 또한 남들과 소통을 잘 해야만
나의 생존이 잘 보호받을 수 있다는 데 기초하고 있다고 볼 수
있어.

그 점은 남들과 소통이 부족한 사람이 불편함, 즉 고통을 느끼는
것을 보는 것만으로 쉽게 증명되는 사실이야. 사람이(모든 생명체
가) 고통을 느낀다는 것은 그의 생존이 위협받는다는 것을 의미
해. 고통이란 생존의 위협에 대해 민감하게 인지하도록 하는 생
물학적인 경고음이이니까 말야.

그런데 남들과의 소통은 서로 균등하게 주고받는 경지를 넘어서
는 경우가 있어. 네가 주면 나도 주겠다는 기브앤테이크 식 거래

로서의 소통이 아니라, 너는 주지 않지만 나는 주겠다는 헌신적인 소통이 있다는 얘기야.

예컨대 우리는 엄마가 아기에게 쏟는 정성을 통해 이같은 헌신적인 소통, 즉 지극한 사랑을 볼 수 있어. 모든 어머니가 아기에게 희생적인 정성을 쏟게 마련이고, 심지어 어떤 어머니는 자신의 목숨을 희생해서 아기를 살리기도 해.

인간은 이렇게 제3단계의 욕구를 발전시킴으로써 이기적인 존재에서 이타적인 존재로 넘어간다는 것을 알 수 있어. 그렇다면 이타적인 행위라는 것은 무엇일까. 그것은 나의 욕구 1·2·3(생존의 욕구, 안전의 욕구, 감성의 욕구)보다 남의 욕구 1·2·3을 먼저 배려하는 마음이라고 할 수 있어. 어머니가 아기를 위해 희생을 하는 것은 자신의 욕구 1·2·3을 뒤로 미루고 아기의 욕구 1·2·3을 먼저 배려하는 것이고, 세종대왕의 한글 창제를 위한 헌신은 자신의 편안함이라는 욕구 1·2·3을 뒤로 미루고 백성들이 겪는 문자를 모르는 자의 설움이라는 남의 욕구 1·2·3을 먼저 배려하는 것이란 얘기지.

그래! 바로 이것이 '배려'야. 이 배려로부터 인간은 이타적인 존재, 보다 고귀한 존재가 되기 시작하는 거야. 남에 대한 배려! 남의 욕구 1·2·3이 위협받는 것을 보고 아파하는 마음으로부터, 그 공감의 능력, 그 감정이입의 능력으로부터 우러난 남에 대한 배려!

아들 (작은 소리로 따라하며) 남에 대한 배려…….

아버지 자, 오늘은 이 정도로 하고, 오늘 생각한 것들을 일주일 동안 잘

　　　음미해보도록 하렴.

아들 그렇게 할게요.

제7장

인간

- 몸과 마음은 조화를 이루어야 한다.

- 몸으로부터 마음이 나온다는 유물론(唯物論)과 마음이 몸을 지배한다는(만들었다는) 유심론(唯心論)은 결론이 나지 않은 상태로 양립해 있다.

- 인간에게는 이기적인 속성과 이타적인 속성이 공존한다.

- 인류의 문명사는 '나', 또는 개인의 발견을 향해 진보해왔다. 고대의 인류는 나와 개인을 전체의 일부로서 다루었을 뿐 온전하게 분리하여 다루지 않았다. 그에 비해 르네상스 이후 근대가 시작되면서 인류는 나와 개인을 전체로부터 분리하여 온전히 독립된 실체로 다루게 된 것이다.

- 근현대는 개인을 전체(사회)의 후차적인 존재로서가 아니라, 먼저 개인이 있고 그 개인들이 모여 전체를 이루었다는 점에서 개인이 우선하며 중요하다는 사고를 기반으로 하고 있다.

- 민주주의로서의 국가와 자본주의로서의 사회 또한 개개인이 모여, 즉 개인으로부터 출발하여 이룩된 국가요 사회이다.

- 이기적인 부분은 인간이 개인, 즉 개별자이기 때문에 생기고, 이타적인 부분은 인간이 사회적 동물이기 때문에 가치를 지닌다. 이중 개인으로서의 인간이 우선하고 기본이 된다면 인간은 기본적으로 이기적일 수밖에 없는 존재라는 결론을 내릴 수밖에 없다.

- 그러나 인간에게는 남의 고통과 행복에 공감하는 능력, 즉 감정이입의 능력이 있고, 그 능력은 인간 자신의 이기성을 불편한 것으로 느끼도록 한다.

- 이 불편함으로부터 인간의 이타성이 출발된다. 그렇긴 하지만 인간에게 이기성, 즉 자신이 먼저 살아야 한다는 것은 부동의 진실이다. 따라서 우리는 '1. 인간은 이기적일 수밖에 없는 존재이다'를 기초로 '2. 인간은 이타성을 지향해야 한다'는 결론을 내려야 한다. 전자는 실제적 사실, 즉 생물학적 실제의 문제이고, 후자는 그래야만 하는 당위로서의 요청, 즉 윤리학적인 도덕의 문제이다.

- 인간은 개별자로서 먼저 생존해야 한다. 생존이라는 제1욕구로부터 시작하여 인간에는 모두 다섯 가지 욕구가 있다. 매슬로의 학설에 따르면 그것은 각각 '1. 생존의 욕구, 2. 안전의 욕구, 3. 사랑의 욕구, 4. 존재 확인의 욕구, 5. 자아실현의 욕구'이다.

- 다섯 가지 욕구 중 앞의 두 가지가 물질(몸)에 대한 것인데, 이 두 가지 욕구를 채워 물질에 대한 만족이 이루어지면 인간은 세 번째로 감정에 대한 욕구를 일으키게 된다. 이 세 번째 욕구를 발전시켜 남에 대한 배려의 마음을 키움으로써 우리는 이타적인 인간이 된다. 그때 나는 나의 욕구 1·2·3(생존의 욕구, 안전의 욕구, 감성의 욕구)을 희생하여 남의 욕구 1·2·3을 증진시키려고 노력하게 되는 것이다.

타자

그들은 다섯 그룹으로 나뉜다.

일주일 후, 아들과 아버지는 다시금 마주 앉았다.

먼저 아버지가 묻는다.

아버지　그래, 지난 시간에 토론한 것들을 좀 정리해봤니?

아들　네, 시간 나는 대로요.

아버지　어떤 식으로 정리가 되었는지 말해줄 수 있어?

아들　먼저 확인할 것은요, 지난 번에 아버지와 저는 인간이 이기적일
　　　수밖에 없는 기초를 갖고 있다는 것, 그러나 인간은 그 기초를 넘
　　　어 이타적인 행위도 할 수 있다는 결론에 이르렀다고 보면 되죠?

아버지　그래.

아들　그러면서 아버지는 이타적인 행위에 대해 아기를 위해 자신을

희생하는 어머니의 예를 드셨는데요, 그렇지만 전에 아버지는
마마보이를 기르는 어머니의 예를 드신 적도 있잖아요?

아버지　그런 적이 있었지.

아들　그렇지만 아기를 위해 희생하는 어머니의 마음과 마마보이 어머
니의 마음은 비슷한 데가 있는 것 아닐까요? 아무튼 아기를 위
해 무언가를 한다는 점에서는요. 그러면서도 다른 점도 있는 것
같은데, 그건 뭘까요?

아버지　동기겠지. 요점은 보상 심리야. 전자에게는 자신의 희생에 대해
보상을 받고자 하는 심리가 없고, 후자에게는 그 심리가 있는
거지.

아들　왼손이 하는 일을 오른손이 알게 할 것이냐 모르게 할 것이냐,
요컨대 그 행위를 하는 마음가짐의 순수성 문제로군요.

아버지　그래.

아들　그렇지만 성자가 아닌 한 그런 순수한 행위를 할 수 있는 사람이
정말로 있을까요?

아버지　거의 없다고 봐야겠지. 일시적으로 그런 사람은 혹 있을지 몰라.
그렇지만 항시적으로 그런 사람은 거의 없다고 봐야 하고, 특정
한 사람 몇몇이 그렇더라도 인류 모든 사람을 대상으로 그런 사
람은 거의 없다고 봐야 할 거야.
내 말은 아기를 위해 자신의 목숨을 희생한 어머니라고 해도 아

기를 기르는 동안 모든 순간에 아기에게 그런 지극한 마음을 가질 수는 없다는 거야. 그런 어머니라고 해도 어느 순간에는 아기에게 짜증을 내는 등 아기의 욕구 1·2·3보다 자신의 욕구 1·2·3을 먼저 챙기지 않을 수 없었던 순간이 분명히 있었을 테지. 그러므로 그 어머니의 희생정신은 항시적인 것이라기보다는 일시적인 것이라고 봐야 해.

또한 그런 어머니라고 해도 자신의 아기가 아닌 아기를 위해서는 그런 희생정신을 발휘하기 어렵고, 또 설령 아주 드물게 그런 어머니가 있다고 해도 그 희생정신이 세상의 모든 아기에게까지 확장될 수는 없어. 하물며 모든 아기에게 모든 순간 그런 희생정신을 발휘한다는 것은 상상할 수 없는 일이지.

만일 어떤 사람이 인류를 정말로 사랑한다면, 그 사랑이 아기를 향한 어머니의 사랑과 같다면 그런 사람은 석 달 이내에 죽을 수밖에 없다고 나는 생각해. 지금 지구상에는 굶는 사람, 입지 못하는 사람, 집 없는 사람, 앓는 사람, 죽어가는 사람이 무수히 많아. 그렇다면 인류를 자기 자식처럼 사랑하는 사람으로서 어떻게 먹을 게 자기 입에 들어가겠니? 어떻게 옷을 입고, 어떻게 자신만의 재산을 소유할 수 있겠니? 결국 그는 남의 고통을 덜어주는 데 자신의 전심전력을 쏟을 것이고, 그 결과 마침내 지쳐 쓰러져 죽는 결과에 이르고 말겠지.

내가 이런 말을 하는 까닭은 이타적인 정신을 폄하하자는 것이 아니야. 나는 다만 인간이 기본적으로 자신의 생존을 먼저 챙긴 다음에라야 남을 도울 수 있다는 것, 다시 말해 인간의 이타성이라는 것이 신적(神的)인 경지, 완전한 100퍼센트의 경지에까지는 이를 수 없다는 것을 지적하는 것뿐이야.

그러나 비록 100퍼센트에는 이르지 못할지라도 인간은 1퍼센트, 2퍼센트, 3퍼센트……의 신적인 경지에는 이를 수 있어. 이 점이 중요해. 그토록 소중한 나의 생존, 그토록 소중한 나의 재산, 그토록 소중한 나의 감정을 희생함으로써 남의 생존, 남의 재산, 남의 감정을 돕고 증장할 수 있는 것이 인간이라는 얘기야.

나 자신을 먼저 챙길 수밖에 없도록 태어났으면서도 그것을 넘어서는 것! 나의 생명을 먼저 챙길 수밖에 없도록 태어났으면서 남의 생명을 먼저 챙기고, 나의 재산을 먼저 챙길 수밖에 없도록 태어났으면서도 남의 재산을 먼저 챙기며, 나의 감정을 먼저 챙길 수밖에 없도록 태어났으면서도 남의 감정을 먼저 챙기는 것! 그것의 위대함, 그것의 고귀함이야말로 말해 무엇하겠니?

아들   그 말씀은, 우리는 결국 이기적인 존재로서의 자신의 기초를 넘어서는 삶을 지향해야 한다는 거군요!

아버지   삶의 의미를 추구하는 사람, 가치를 추구하는 사람이라면 그렇지.

아들   (잠시 말이 없다가) 아버지.

아버지 응.

아들 저도…… 그런 사람이 되도록 애써 볼게요.

아버지 그 말, 고맙구나. 아주 훌륭해!

아들 저는 단지…… 그렇게 되도록 애써 보겠다는 것뿐이에요. 그 결과가 어디에 이를지는 저도 자신할 수 없어요.

아버지 (웃으며) 물론 그렇겠지. 그렇지만 나는 네가 자신 없어하는 모습보다 너의 그 말에서 파악되는 냉철함에 주목하고 싶구나.

아들 냉철함이라니요?

아버지 우선 너는 너 자신을 있는 그대로 과장 없이 파악하는 냉철함을 보여줬어. 자신의 이기성을 위장하지 않고 있는 그대로 보는 냉철함 말야. 너는 너 자신을 있는 그대로 봄으로써 너 자신 안에 뿌리 깊게 스며들어 있는 이기성이 얼마나 강력한 것인지를 잘 파악하고 있단 얘기야.

두 번째로 너는 이 세계가 너의 이타성을 쉽사리 허락하지 않을 것이라는 점을 냉철하게 파악하고 있어. 이 또한 이 세상의 선한 면뿐만이 아니라 악한 면을 직시하지 않고는 얻어지지 않는 냉철함이지.

아들 그럼 오늘 저희가 토론할 주제는 뭐죠?

아버지 네가 직시한 이기성이 모인 곳, 즉 '사회'에 대해서야. 본격적으로 토론하기 전에 잠깐 우리가 앞부분에서 다루었던 개별자라는 주제로 다시 돌아가 보도록 하자.

그때 나는 이렇게 말했어.

"인간은 저마다 개별자야. 나중에 위대한 인물이 되어 개별자의 한계를 넘어서는 경우가 있긴 하지만, 또 설령 그런 경지에 이른다고 해도 인간이 기본적으로 개별자라는 사실 자체는 변하지 않아.

이 말은 인간이 하나의 단독자로서 이 세계에 떨어진 존재라는 것을 의미해. 다시 말해서 개개 인간은 혼자야. 그리고 혼자인 그를 둘러싸고 이 세계가 있지. 세계의 입장에서 볼 때 개개 인간은 자신의 일부에 지나지 않아. 그렇지만 개개 인간의 입장에서는 달라. 그의 입장에서는 세계는 자기의 눈에 비친 대상일 뿐이야. 그리고 그 세계를 상대하는 것이 인생이야. 그러니 인생은 '나와 세계 간의 상호교섭'이라고 말할 수 있어. 세계는 나에 대해 사랑하거나 도전해오고, 나는 그에 대해 사랑하거나 응전하는 거지.

물론 이 점은 나 아닌 다른 사람들 또한 마찬가지야. 나에게 그가 나 아닌 것(세계)의 일부이듯이 그에게는 내가 그 아닌 것(세계)의 일부야. 그래서 그 또한 나에 대해 사랑하거나 도전해오고, 그에 대해 내가 사랑하거나 응전하게 되는 거야.

지금까지 나는 나 아닌 것을 세계라고 불렀는데, 그 세계 가운데 인간이라는 좀 더 좁은 세계가 있어. 즉, 나를 둘러싸고 있는 세계는 인간과 인간 아닌 것으로 나뉘는데, 전자를 사물, 후자를 인간이라고 부르기로 하자. 어쨌든 이 둘 모두가 나에게 사랑, 즉 긍정적으로 다가오거나 도전, 즉 부정적으로 다가와.

예를 들어 아름다운 자연 풍경은 너에게 긍정적으로 다가오겠지. 그렇지만 모기는 어떠니? 모기는 윙윙거리며 너의 피를 빨려는 의도로 다가올 거야. 그러니까 모기는 너에게 부정적으로 도전해오는 사물인 거지.

사람도 마찬가지야. 엄마와 아빠는 너에게 사랑으로 다가오는 존재야. 그에 비해 너에게 부정적으로 다가오는 존재도 얼마든지 있을 수 있어. 특히 네가 어른이 되면 그런 사람은 더욱더 많아질 거야.

어쨌거나 인생이 나와 나 아닌 것으로 나뉜다는 명제로부터 우리가 다룰 두 가지 주제가 성립하게 돼. 첫째는 나, 두 번째는 남(세계)."

내가 전에 한 이 말, 기억나니?

아들　네, 그 말씀 기억나요.

아버지　나와 남이라는 두 가지 세계에 대해서 우리는 지금까지는 첫 번째인 주제인 나를 다루었어. 이제부터는 두 번째 주제인 남(세계), 즉 사회에 대해 다뤄보기로 하자.

아들 알겠어요.

아버지 남은 모두 다섯 그룹으로 나눌 수 있어. 이 점을 잘 이해할 수 있도록 우리는 먼저 나를 작은 원으로 그려본다면 원 안쪽은 나 자신의 세계이고, 원 바깥쪽은 남들의 세계가 되겠지.

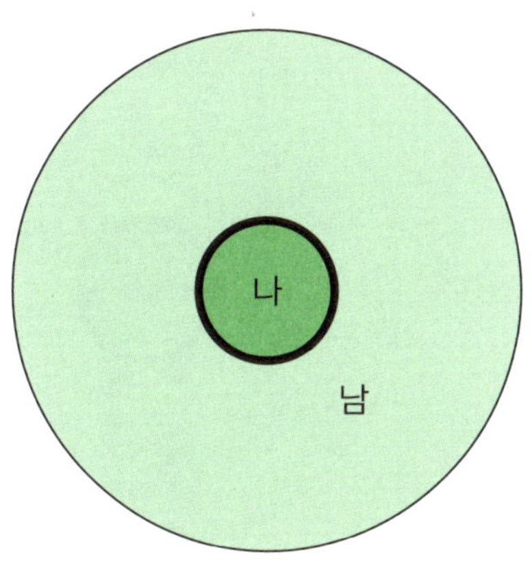

이 두 세계는 분리되어 있어. 즉, 나는 하나의 개별자로서 결코 남일 수 없고, 남 또한 그 나름의 개별자로서 나일 수 없어. 나는 나요 네가 아니며, 너는 너요 내가 아닌 거지. 이렇듯 두 세계가 격절되어 있다는 점에서 우리는 이 두 세계를 구별하는 선을 실선(實線)으로 그려야만 해.

그런 다음 남들의 세계, 즉 나 밖의 세계를 다섯 개의 동심원으로 나누자. 이 말은 나를 둘러싸고 있는 남들에 다섯 그룹(종류)이 있다는 것을 의미하는데, 이들을 구별하는 선은 점선(點線)으로 표시하기로 하자. 왜냐하면 나와 남 사이와는 달리 이들은 서로 왕래가 가능하기 때문이야.

그 다섯 그룹은 다음과 같아.

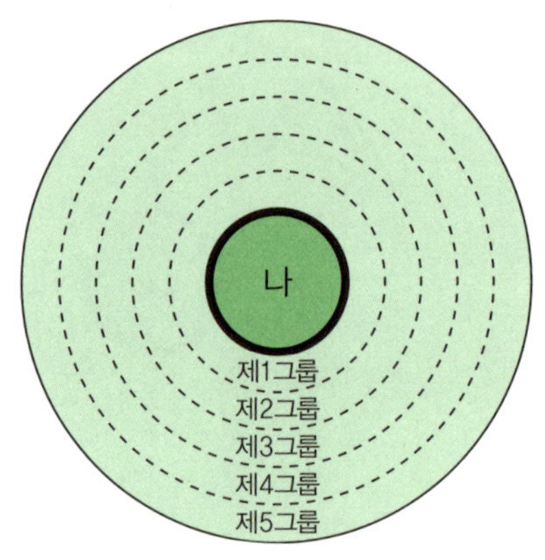

(1) 애정 그룹: 가족, 부부, 부자(모녀), 형제 등.

(2) 우호 그룹: 친지, 친구, 동료, 지인 등.

(3) 중립 그룹: (1), (2), (4), (5)를 제외한 모든 사람들.

(4) 경쟁 그룹: 경쟁자, 라이벌 등.

(5) 적대 그룹: 적, 원수, 공격자 등.

이미 말한 것처럼 이들 다섯 그룹에 속한 사람들끼리는 왕래가 가능해. 예를 들어 부부는 제1그룹인데, 그들이 이혼을 할 경우에는 두 사람의 관계가 제3그룹으로 바뀌게 되고(제5그룹으로 바뀔 수도 있어), 또 한때 제5그룹에 속하는 원수였던 사람이 어느 날부터 제1그룹에 속하는 애인이 될 수도 있는 것이 인간관계인 거지.

아들　그런 의미에서 나와 남은 실선으로 구별하고, 다섯 그룹의 남은 점선으로 구별하신 거군요. 자동차 도로에서도 실선은 절대로 넘어서지 못하는 선을 의미하고, 점선은 경우에 따라 넘을 수 있는 선을 의미하는 것처럼요.

아버지　그렇지? 그럼 한번 물어보자. 이렇게 남을 다섯 그룹으로 나누었을 때, 욕구를 가진 존재로서 우리는 어디에서 물을 퍼와 컵에 담는 거지? 먼저 생존의 욕구와 경제의 욕구라는 물부터 생각한다면?

아들　제4그룹과 경쟁을 벌여 물을 퍼오게 되겠지요.

아버지　그래, 인간은 능력이라는 바가지를 들고 우물가(사회)로 나가 물을 퍼오게 되는데, 그때 물이 있는 우물가에는 나 말고도 다른 많은 이들이 모여 들게 마련이야. 그래서 나와 남들 간에 경쟁이 벌어지고 심하면 그 경쟁이 투쟁으로 이어지는데, 그때 제4그룹 사람은 제5그룹으로 이동하게 돼.

그럼 다시 말해볼래? 우리에게는 생존과 경쟁이라는 욕구 말고도 정서(감정)의 욕구도 있는데, 이 욕구의 물은 어디에서 퍼오게 되지?

아들 (잠시 생각한 다음) 제1그룹인가요?

아버지 그래, 제1그룹과 제2그룹에서 우리는 정서(마음)를 나누게 돼. 경쟁자들에게 시달린 마음을 쉬고 위로받는 거지. 자, 이로써 왜 선현들이 우정의 가치를 그토록 예찬했는지(제2그룹), 또 왜 많은 사람들이 가정 만큼 좋은 곳이 없다고 하는지를(제1그룹) 알겠지?

아들 그렇군요.

아버지 앞에서 다섯으로 분류한 남들은 다시 크게 세 그룹으로 나눌 수 있어. 제1그룹과 제2그룹을 묶어서 이익호혜(利益互惠) 그룹으로, 제4그룹과 제5그룹을 묶어서 이익상충(利益相衝) 그룹으로 말야. 물론 이 경우에도 중간 그룹은 여전히 나에게 이익도 주지 않고 손해도 끼치지 않는 그룹으로 남겠지.

이렇게 남을 세 그룹으로 나눌 경우, 인간은 이익상충 그룹과의 경쟁을 통해서 나의 이익을 확대하게 돼. 그렇지만 그 과정은 매우 힘들 수밖에 없어. 왜냐하면 우물가에는 수많은 사람들이 모여 들어 저마다 먼저, 저마다 더 많은 물을 퍼가려고 하기 때문이지.

그래서 경쟁이 벌어지고, 그 경쟁이 투쟁으로 번지는 것은 이미 말했는데, 그 투쟁은 개인 사이에서도 벌어지지만 집단 사이에서도 발생해. 알고 보면 인류사를 피로 물들인 전쟁은 결국로 나의 그룹과 제5그룹 간의 투쟁이었단 얘기야.

그리고 그 투쟁에서 지친 심신을 쉬는 곳이 바로 이익호혜 그룹이야. 나를 이익상충의 대상으로 보는 사람이 아니라 이익호혜의 대상으로 보는 사람들. 내가 잘되면 너도 잘되고, 네가 잘되면 나도 잘된다고 여기는 사람들. 그런 사람들이 모인 곳에서 마음을 편안해지는 것은 당연하겠지.

이익호혜 그룹은 나와 이익을 공유한다는 점에서 이익상충 그룹과 달라. 이익상충 그룹과 나는 내가 이익을 보면 네가 손해를 보고, 네가 이익을 보면 내가 손해를 보는 관계지만, 이익호혜 그룹과 나는 나에게 좋은 것이 너에게도 좋고, 너에게 좋은 것이 나에게도 좋다는 이야기지.

그런데 이익호혜 그룹과의 관계는 이처럼 서로 좋은 정도를 넘어서 나를 희생하는, 즉 내가 손해를 보더라도 너에게 이익을 주고자 하는 경지로까지 나아가는 경우가 있어. 특히 제1그룹에서 그렇지. 제 1그룹의 사람은 자신의 이익보다는 상대의 이익을 먼저, 그리고 더 많이 챙기는 사람, 항상 그렇지는 않지만 때때로 그런 경지에까지 나아갈 수 있는 사람들끼리 모인 사회인 거지.

그것이 바로 조금 전에 말했던, 아기에게 자신의 모든 것을 바치는 어머니(아버지)이고, 또한 어머니를 위해 자신의 모든 것을 바치는 자식인 거야. 이것이 진정한 의미에서 가족이고, 가족의 가족다움이란다. 그렇다면 어떠니, 우리 가족은 이런 의미에서 진정한 의미의 제1그룹이 모인 작은 사회인 것 같니?

아들   (웃으며) 그럼요!

아버지   특히 네 어머니가 그렇지?

아들   네.

아버지   그럼 아버지인 나는 좀 부족하단 얘기?

아들   (웃으며) 지금 그 말씀 농담이시죠?

아버지   아니! 한 가지 짚어볼 게 있어서 말하는 거야.

아들   그게 뭐죠?

아버지   너도 알다시피 네 어머니는 전업주부야. 그렇다면 생각해볼까? 전업주부는 경쟁 사회에 나가 물을 퍼오는 존재니, 아니니?

아들   아닌 것 같은데요.

아버지   그 점에서 우리 부부는 역할 분담을 하고 있다고 봐야 해. 경쟁 사회에 나가 물을 퍼오는 것은 남편인 내가 맡고, 아내인 네 어머니는 집에서 나를 뒷바라지함으로써 간접적으로 경쟁 사회에 참여하는 방식으로 말야.

아들   그렇군요.

 내가 말하고 싶은 것은 그런 역할 분담의 구조 아래에서는 아내가 이익희생적이게 마련이라는 점이야. 남편이 밖에서 경쟁을 한다는 것은 남편이 상처를 받는다는 것을 의미하고, 그 상처를 비용으로 치르고 얻는 소득으로 가정에 안전한 울타리를 칠 수 있는 거야. 따라서 그 울타리의 보호를 받는 전업주부는 상처를 입고 돌아온 남편을 치유·위로·격려해야 하는데, 이때 치유하는 쪽의 사람이 더 이익희생적인 모습을 띠는 것은 당연한 게 아니겠니?

이 구조에서 아내의 주된 삶의 현장은 경쟁이 없는, 서로 이익이 조화를 이루는(이익호혜적인, 너의 행복이 나의 행복으로 이어지는) 가정이야.

그에 비해 남편의 주된 삶의 현장은 달라. 그곳은 이익희생은 생각할 수도 없고, 경쟁자와 이익을 다투거나 심할 경우 투쟁을 벌이는 곳이란 얘기지. 이런 현장에서 일하는 남편은 이익은 공유하는 것이 아니라 경쟁과 투쟁을 통해 얻는 것이라는 관념을 갖게 마련이고, 따라서 집에 돌아와 아내에게까지 이익희생적인 상태를 유지하기가 매우 어려워.

 지금 아버지의 말씀은 어딘지 남성을 변호하는 느낌도 없지 않은데요?

 (잠시 생각한 다음) 그럴 수도 있겠구나. 그렇지만 나는 남성을 변

호하거나 여성의 역할을 폄하하는 것이 아니라, 남성과 여성이 서로 다르다는 것을 말하고 있는 것뿐이야.

물론 남성과 여성은 똑같은 인간이야. 그렇지만 둘 사이에는 다른 점이 있어. 어느 편이 옳고 어느 편이 그르다는 것이 아니라, 신체적으로나 감성적으로 구별되는 특징이 있단 얘기야.

물론 모든 사람이 100퍼센트의 남성과 여성인 것은 아니야. 여성성이 보다 큰 남성, 남성성이 보다 큰 여성도 있으니까. 그렇지만 대체로는 남성과 여성에게서 결정적인 상이점이 나타나게 되는데, 나는 이것이 신체적인 조건에서 생겨났다고 보고 있어.

이 문제를 검토하기 위해 우리는 우리가 동물(생물)이라는 것, 동물은 기본적으로 유전자를 퍼뜨리고자 한다는 것을 기억해야 해. 생물학적인 관점에서 볼 때 이 욕구는 인간의 가장 기본적인 욕구인데, 사람이 남자와 여자로 나뉜 것은 이 때문이라고 할 수 있어.

유전자를 퍼뜨리고자 하는 존재로서의 남자와 여자가 맡은 역할은 달라. 남자는 여자에게 정자를 주고, 여자는 남자의 정자를 받아 태내에서 키우도록 되어 있는 점에서 그렇지. 그 점에서 볼 때 여자는 자손을 퍼뜨리는 데 있어서 남자에 비해 보다 더 큰 역할을 맡는다고 봐야 해. 남자는 여자에게 정자를 주는 한 순간에만 자손 번식에 기여하지만, 여자는 아기를 태내에 임신하는 기나긴 시간에 걸쳐 기여를 하니까 말야.

여자의 자손 번식을 위한 기여는 거기에서 그치는 게 아냐. 아기를 낳을 때의 고통은 물론이고, 낳은 이후에도 아기에게 오랫동안 자기희생적인 도움을 제공해야 해. 여자가 부드럽고 유순한 성격을 갖게 된 것은 이 때문이 아닐까? 약하디 약한 존재(아기)를 상대하면서 지낼 수밖에 없는 여자의 역할이, 결국 여자를 여자답게 만든 거란 얘기야.

그에 비해 남자는 자손 번식에 대해 별반 큰 역할을 맡지 않아. 그 대신 남자는 경쟁 사회에 나가 일을 하게 되지. 원시 시대를 생각해보렴. 그때 밖에 나가 사냥을 하는 사람은 당연히 남자가 아니었겠니?

그러니까 남자와 여자는 사람의 가장 중요한 두 가지 역할을 서로 분담하도록 구조화되어 있다고 봐야 해. 의식주의 해결은 남자가 맡고, 자손 번식은 여자가 맡는 구조로 말이야. 이 때문에 남자 또한 여자와는 달리 강하고 거친 성격을 갖게 되었다고 봐야겠지.

따라서 우리는 남자와 여자에 대해서 어느 편이 더 뛰어난가를 논하지 말고, 그 역할이 어떻게 다른지에 대해 유념해야 해. 물론 지금은 많이 달려져서 여자의 사회성이 매우 강해졌고, 그 때문에 여자의 여성성도 전과는 많이 달라졌으니까 그 점은 감안해야겠지.

그럼 한번 물어볼까? 넌 어떠니? 이 점에서 볼 때 너는 전업주부로서의 아내를 갖고 싶니, 아님 너와 함께 밖에 나가 경쟁 사회에서 물을 퍼오는 아내를 갖고 싶니? 그것이 아니라면 혹 네가 집에 남아 아내를 내조하는 그림을 그리고 있는 건 아니니?

아들　물론 그건 아니에요. 그리고요, 전 아버지처럼 전업주부인 아내와 함께 가정을 꾸리는 것도 좋다고 생각해요. 혹 제가 바라는 것이 미래형 가정의 모습이 아닐 수도 있지만, 역할 분담이 훌륭하면 서로 시너지 효과를 낼 수도 있을 테니까요. 인류가 오랫동안 그래온 것처럼, 그리고 두 분이 그러신 것처럼요.

아버지　네 눈엔 우리 부부가 그렇게 시너지 효과를 내고 있는 걸로 보이니?

아들　그럼요! 그런데 참, 제가 한 가지 여쭤봐도 돼요? 두 분 관계에 대해서요.

아버지　(웃으며) 이거, 긴장되는걸!

아들　저…… 아버지와 어머니는 부부 싸움을 하시는 일이 정말로 없으세요?

아버지　(웃으며) 갑자기 그건 왜? 너희들 몰래 부부 싸움을 하는 것 같니?

아들　저와 형은 아버지와 어머니가 부부 싸움을 하시는 것을 한 번도 본 적이 없어요. 그래서 저희 없는 데서는 어떠신지 문득 궁금해졌어요.

아버지 우리 부부가 함께 살아온 지가 이십오 년이지만 그 사이에 부부 싸움이라고 할 만한 다툼은 거의 없었던 것 같구나. 내가 생각하는 부부 싸움은 남편(아내)이 부정 반응(짜증, 화)을 보였을 때 그에 대해 아내가 부정 반응을 보이는 것을 거쳐, 다시 남편이 부정반응을 보이는 순간부터야. 즉, 각기 한 번씩 부정 반응을 보이는 것까지는 부부 싸움이 아니라고 보는 거지.

아들 그 기준은 어떻게 나온 거예요?

아버지 당연하게도 나와 네 어머니는 성인(聖人)이 아니야. 성인이라면 처음부터 상대방을 짜증나게 하는 행동을 하지 않겠지. 그렇지만 성인이 아닌 우리는 무심결에 상대방을 배려하지 않는 행동을 할 수 있어. 그러나 이해심이 많은 배우자라면 배려 없는 행동에 대해 즉각 짜증을 내진 않을 거야.

그 점에서 네 어머니는 아주 이해심이 많은 분인데, 그렇긴 하더라도 사람인지라 컨디션이 나쁠 때가 있겠지? 그런 때 우연찮게 내가 네 어머니의 마음을 건드리면 어머니도 한 번쯤 부정적인 반응을 보일 수 있어. 그렇지만 바로 그 순간 내가 "아, 지금 내가 잘못을 저질렀구나!" 하고 깨닫는다면 어떨까? 그래서 금방 사과를 한다면?

그러면 당연히 네 어머니도 금방 이성을 되찾아 나에게 사과를 해. 그래서 우리 둘은 다시 예전의 상태, 서로를 존중하고 배려하는 상태로 되돌아간단다. 나는 이 정도면 제법 괜찮은 편이라고 보고, 이 정도는 부부 싸움이라고 보지 않기로 했어.

이런 기준에서 본다면 나와 네 어머니는 아직까지 단 한 번도 부부 싸움을 한 적이 없단다. 물론 판정하기 애매한 때가 몇 차례 있긴 했어. 그런 때가 더러 있긴 했지만 대체로는 네가 봐온 것과 크게 다르진 않으니까 우리 부부의 마음 관리에 대해 안심하기 바란다.

아들　아버지.

아버지　응?

아들　정말 감탄스러워요. 저는 도저히 아버지처럼 미래의 제 아내를 대할 수 없을 것 같아요.

아버지　네가 만일 네 어머니 같은 아내를 갖게 된다면, 그리고 네가 지금까지 나와 토론한 것들을 잘 음미하면서 청소년기를 보낸다면 가능하지 않을까?

아들　제가 아버지처럼 되는 것은 혹 가능하다고 하더라도 어머니 같은 아내를 맞는 것까지 바랄 수 있을까요?

아버지　그런 행운을 기대해봐야지.

아들　그런데요 아버지, 다른 모든 부부가 아버지와 어머니처럼 평화로운 관계를 유지하는 건 아닌 것 같거든요.

아버지 그건 그래.

아들 그렇다면 부부 싸움은 왜 일어나는 거지요? 제 말은 부부가 다툴 수밖에 없는 근본적인 이유가 뭐냐는 거예요. (주뼛거리며) 음, 부부 문제를 여쭙자니 너무 앞서가는 느낌도 없지 않네요.

아버지 나는 아직 어린 네가 무슨 부부 관계에 대한 질문을 하느냐고 생각하지 않아. 넌 이제 나와 무슨 이야기라도 할 수 있어. 심지어는 성(性)에 관한 이야기까지도 말야.

부부 관계는 모든 인간관계의 기본이야. 먼저 부부가 있고나서 부자(모녀)도 있을 수 있다는 점에서 그렇지. 이 점에서 볼 때 유교의 삼강오륜(三綱五倫)은 맨 처음 자리에 임금과 신하나 아버지와 아들 간의 관계가 아니라 부부의 관계를 놓아야 했다고 봐.

아들 알았어요. 그럼 남편과 아내의 관계에 대해 말씀해주세요.

아버지 나는 조금 전에 인간관계의 기본이 부부 관계라고 말했지만, 그에 앞서는 것이 관계를 맺는 사람으로서의 개별자인 것은 이제 새삼 말하지 않아도 알겠지?

모든 인간이 개별자라는 것은 나를 제외한 모든 사람은 남이라는 것을 의미하는데, 이 관점에서 볼 때는 남편(아내)에게 아내(남편) 또한 남일 수밖에 없어. '부부 또한 기본적으로는 남이다, 그러나 다만 나와 가장 가까운 제1그룹으로서의 남남이다.'라는 얘기야.

아들   그 점은 인정을 안 할 수도 없지만, 인정하자니 너무나 가슴 아픈 사실이네요.

아버지   앞의 그림에서 봤듯이 내가 지극히 사랑하는 나의 아내(가족)라고 해도 기본적으로 그는 나 아닌 존재, 즉 남이야. 그러나 그는 내가 가장 사랑하는 사람, 즉 나의 일부, 나의 확대, 나의 연장(延長)이라고 할 수 있는 존재, 즉 다른 의미의 나야.

바꿔 말해서 가족은 나의 팔다리이거나, 나와 이인삼각(二人三脚)의 관계를 맺고 있는 존재야. 이인삼각 알지? 두 사람이 서로 다리 하나씩을 묶음으로써 다리가 모두 세 개가 되는 것 말야.

아들   네, 알아요.

아버지   이인삼각 상태에서 남편과 아내는(나와 제1그룹의 사람은) 상대와 떨어져 있는 다리 부분에서는 남남이고, 서로 묶여 있는 다리 부분에서는 하나, 즉 '또다른 나', 나의 확대, 나의 연장, 일심동체가 돼.

이렇듯 한편으로는 남이고, 다른 한편으로는 나인 아내(남편). 이 중 나인 부분, 즉 서로 사랑하는 부분에서는 부부 싸움이 일어날 수 없어. 부부 싸움이 일어나는 것은 남인 부분, 즉 서로가 다른 몸을 갖고 있고, 다른 생각, 다른 감정, 다른 의지를 갖고 있다는 점 때문이지.

이것은 비단 부부 간에서만 그런 것은 아니야. 부자(모녀) 간에서도 그러하고, 애인과 애인 사이에서 그러해. 물론 형제 또한 마찬가지고, 가족과 다름없는 깊은 관계를 맺고 있는, 예를 들어 의형제를 맺은《삼국지》의 유비(劉備)·관우(關羽) 장비(張飛)라고 해도 그렇다고 봐야지.

아들   그렇다면 서로 남남인 부분이 드러나는 순간에도 여전히 부부는 제1그룹의 관계라고 볼 수 있나요?

아버지   그렇다고 보기는 어렵지. 의견이 다르다는 것은 서로 경쟁을 한다는 것을 의미하니까. 그러니까 그때 부부는 제4그룹으로 멀어진 거라고 볼 수 있어. 비록 짧은 순간일지라도 말야.

내가 말했지? 남을 이루는 다섯 그룹 간에는 얼마든지 왕래가 가능하다고. 다만 좋은 부부는 그동안 깊은 사랑을 나눠온 존재로서 얼른 문제를 해결하여 제1그룹으로 복귀한단다. 그보다 못한 부부는 제2그룹정도로, 다시 그보다 못한 부부는 제3그룹 정도로 복귀하겠지만 말야.

아들   그런데 그것까지도 안 되는 부부는 드디어 싸움을 시작한단 얘기군요.

아버지   싸움이 시작되면 그때는 이미 제5그룹으로 넘어간 거야. 경쟁이 조정이 되지 않아 결국 투쟁으로 옮겨간 거지.

아들   아!

그렇다면 그때 좋은 남편(아내, 가족)은 문제에 어떻게 대처하나요?

아버지 그 점에 대해서 일주일 동안 곰곰 생각해보려무나. 다음 주에 이

주제를 다룰 테니까 말야.

아들 아주 흥미 있어요. 일주일 동안 잘 생각해볼게요.

아버지 가능하다면 네 여자 친구와도 대화를 나눠봐.

아들 (부끄러워하며) 그래 볼게요.

● 완벽한 이타적 행위는 인간으로서는 거의 행하기 어렵다. 얼핏 보기에는 그런 행위가 있는 것 같지만 자세히 살펴보면 그런 행위는 일시적인 것이거나, 특정한 사람에게 한해서만 행해진다.

● 그러나 100퍼센트의 완벽한 이타적 행위는 불가능하다고 하더라도(비록 1퍼센트에 지나지 않을지라도) 이타적 행위는 위대하다. 이타적 행위는 인간이라면 가장 먼저 챙길 수밖에 없는 자신의 생존, 재산, 감정을 희생하여 남을 돕는 것이기 때문이다.

● 자기 자신과 세계를 있는 그대로 냉철하게 바라보는 것은 매우 중요하다.

● 나를 둘러싼 남들은 애정 그룹, 우호 그룹, 중립 그룹, 경쟁 그룹, 적대 그룹 등, 다섯 그룹으로 나뉜다. 이들 다섯 그룹의 사람은 다른 그룹으로 이동할 수도 있다. 즉, 애정 그룹의 사람이 어떤 이유로 적대 그룹이 될 수도 있고, 그 반대 역시 가능하다.

● 컵을 채우기 위해 물을 퍼오는 곳은 경쟁 그룹인데, 이 그룹과의 경쟁은 때로 투쟁(전쟁)으로까지 치닫는 경우가 있다.

- 인간은 경쟁·적대 그룹과의 관계를 통해 생겨난 스트레스를 애정·우호 그룹과의 관계로 돌아와 편안하게 풀게 된다.

- 다섯 그룹은 다시 이익호혜 그룹, 중간 그룹, 이익상충 그룹 등, 세 그룹으로 나눌 수 있다.

- 이익상충 그룹에서 '나의 이익은 너의 손해, 너의 이익은 나의 손해'이지만 이익호혜 그룹에서는 나에게 좋은 것이 너에게도 좋고, 너에게 좋은 것이 나에게도 좋다. 이것이 더 발전하여 내가 손해를 보더라도 너에게 이익을 주려는 행위로 나타나기도 한다. 이같은 행위는 특히 제1그룹에서 주로 찾아볼 수 있다.

- 남자와 여자는 생물학적 구조가 서로 다르다. 남자는 의식주를 비롯한 생존물을 생산하는 쪽으로 특화되어 있고, 여자는 자손 번식에 보다 많이 기여하도록 특화되어 있는 것이다. 이로부터 남자의 강한 남성성이, 여자의 부드러운 여성성이 나타나게 되었다고 볼 수 있다.

- 부부는 남성성과 여성성을 잘 조화함으로써, 또는 역할을 적절하게 분담함으로써 삶의 시너지 효과를 낼 수 있다.

- 부부 관계는 모든 인간관계의 기초이다. 따라서 부부 관계를 연구하는 것은 곧 인간관계를 연구하는 것이 된다.

- 부부 싸움은 인간이 개별자라는 것, 즉 아내(남편) 또한 기본적으로는 남이라는 점에서 발생한다. 아내는 비록 제1그룹에 속하긴 하지만 기본적으로는 나와 다른

몸, 다른 의견, 다른 감정, 다른 의지를 가진 존재이고, 이 상이성에서 문제가 생겨나는 것이다.

- 남편과 아내는 이인삼각적인 관계를 이룬다. 묶인 다리의 면에서 보면, 남편과 아내는 한 몸(또다른 나)이라고 할 수 있고, 묶이지 않은 다리(몸 전체)의 면에서 보면 남편과 아내는 남남이라고 할 수 있는 것이다. 사랑은 전자의 부분에서 성립하고, 부부 싸움은 후자의 부분에서 일어난다.

- 부부가 서로 의견이 다르다는 것은 적어도 그 순간만은 아내(남편)는 제1그룹에서부터 제4그룹으로 옮겨갔다는 것을 의미한다. 이때 좋은 부부는 얼른 문제를 해결하여 제1그룹으로 복귀한다. 그보다 못한 부부는 제2그룹으로 복귀하고, 다시 그보다 못한 부부는 제3그룹으로 복귀한다. 이것까지도 되지 않아 경쟁이 치열해져 적대, 즉 제5그룹으로 옮겨가는 것이 부부 싸움이다.

제9장

사랑 · 나의 고통을 미루어 남의 고통을 아파하기 ·

일주일이 지나 두 사람은 다시 마주 앉았다
아들이 아버지 앞으로 다가앉으며 묻는다.

아들   아버지가 지난 주에 말씀하셨잖아요?

아버지   응?

아들   여자 친구와 이야기를 나눠보라는 말씀 말이에요.

아버지   아, 그 얘기! 그래, 이야길 나눠봤니?

아들   네.

아버지   그랬더니?

아들   여자 친구는 아버지와 어머니께서 부부 싸움을 하시지 않는다는
         얘기에 거의 놀라 자빠졌어요.

아버지 (웃으며) 정말로 뒤로 넘어진 건 아니겠지?

아들 (웃으며) 물론 그건 아니에요. 그렇지만 거의 그랬을 정도로 놀라는 거였어요. 걔네 부모님은 그렇지 않대요. 그래서 부부 싸움을 하지 않는 부부는 전혀 상상할 수 없대요. 그래서 제가 정말이라고, 정말로 우리 부모님은 부부 싸움을 하시지 않는다고 말했죠.

아버지 그랬더니 네 말을 믿든?

아들 아뇨. 완전히 믿는 것 같진 않았어요. 어쨌거나 그 애는 나중에 자기도 그런 부부로서 살고 싶다는 점에는 동의했어요.

아버지 그랬구나.

아들 그래서 우리의 대화는 자연스럽게 '그렇다면 어떻게 하면 그런 부부가 될 수 있느냐'의 문제로 진전됐어요. 많은 대화를 나누었지만 그래도 결론을 내리긴 어려웠어요.

아버지 그렇겠지. 그런데 조금만 생각하면 좋은 부부가 되는 건 생각처럼 어려운 일만은 아냐. 적어도 어떻게 하면 좋은 부부가 될 수 있는지에 대해서는 그래. 그걸 실천하는 것은 물론 어려운 일이지만 말야.

이 문제 또한 내가 개별자라는 기초적인 사실로부터 출발하여 검토해보기로 할까? 자, 여기 개별자로서의 내가 있어. 그리고 개별자인 나를 둘러싸고 남들이 있지. 그런데 나는 개별자를 논할 때 이런 말을 한 적이 있는데, 생각나니? 개별자란 한편으로

는 자유를 갖는다는 것을 의미하고, 다른 한편으로는 책임이 있
다는 것을 의미한다고 말야.

아들　생각나요.

아버지　또 내가 개별자라면 남도 개별자라고. 즉, 개별자 원리는 내가 인
권(자유)을 가진 것처럼 남도 인권을 가진 존재임을 가리킨다고.
이 두 가지 점을 잘 유념하면 좋은 부부 관계를 맺을 수 있어. 아
니, 부부뿐 아니라 다른 모든 좋은 인간관계 또한 이를 기초로
이루어진다고 말할 수 있지.

아들　한 가지 궁금한 게 있는데요, 얼마 전에 아버진 친구분 아들의
주례를 보셨잖아요?

아버지　응.

아들　그때 아버지는 주례사로 이런 말씀을 하셨나요? 전 그게 궁금
해요.

아버지　그러기도 했고, 그러지 않기도 했어.

아들　무슨 말씀이시죠?

아버지　짧은 시간이 주어지는 주례에게 어떻게 이 구구한 이야기를 다
할 수 있겠니? 그래서 나는 결혼식이 있기 전에 예비부부를 미
리 만났단다. 그 자리에서 두 사람에게 필요하다고 생각되는 얘
길 미리 해줬지. 그런 다음 결혼식장에서는 주례사를 간단하게
마쳤어.

아들　아, 그러셨군요!

아버지　대개의 주례자들은 주례사를 할 때 '사랑'을 강조하는 모양인데 나는 다르단다. 나는 부부가 화목하게 살기 위해 필요한 것은 사랑이라기보다는 오히려 '이성', 특히 이성을 잘 발전시킨 '지혜'라고 생각해. 물론 그것이 사랑이 중요하지 않다는 말은 아니고, 사랑이 기본적으로 깔려 있는 상태에서 이성이 추가되어야 한다는, 그럼으로써 지혜에 도달해야 한다는 의미니까 오해하지 말도록 하렴.

사실 서로에게 사랑이 있을 때 부부가 다툴 까닭은 없어. 부부가 서로 사랑한다면, 그리고 그 사랑이 24시간, 365일 내내 유지된다면 대체 무슨 문제가 있겠니? 그렇지만 사랑은 감정이고, 감정은 요동치는 거야. 그래서 앞으로 기나긴 세월을 함께할 부부에게는 사랑 한 가지만으로 모든 것을 다 해결할 수는 없어.

생각해보면 부부 간의 문제는 인간이 개별자라는 것, 배우자가 나와 다른 심장을 가진, 다른 머리를 가진, 다른 몸을 가진, 다른 의견·감정·의지를 가진 존재일 수밖에 없다는 점에서 생겨나는 거야.

바꿔 말해서 부부 간에 문제가 생기는 때 그들은 서로 제1그룹으로서의 관계, 이인삼각으로서의 관계를 갖는 게 아냐. 그때 그들은 이인삼각으로 묶여 있던 다리를 풀어버리고 제각각 자기 자리로 돌아간 것, 또는 이인삼각이긴 하더라도 묶인 다리 쪽이 아니라 안 묶인 다리 쪽에서 생각하는 거라고 말할 수 있어.

즉, 그때 그들은 제1그룹이 아니라 제4그룹으로서 존재하게 돼. 근본적으로는 남남일 수밖에 없는 점이 나타나 그들을 서로 떼어놓은 거지. 그때 부부는 협력·호혜적인 관계로서가 아니라 경쟁·경합적인 관계로서 존재하게 된다는 이야기야.

그런 두 사람에게 사랑이 있겠니? 그때 그녀(그)는 나에게 있어서 제4그룹의 경쟁자인데 그런 상대에게 사랑이 일어나겠느냔 말이야. 그건 어려운 일이지. 그런데도 많은 주례사가 사랑만을 강조하는 것을 나는 이해할 수 없어.

물론 사랑이 깊으면 문제가 봉합될 거야. 그렇지만 봉합은 해결이 아니야. 상대에 대한 사랑으로써 한두 번 문제를 덮어둘 순 있겠지. 하지만 수십 년을 함께 살다 보면 그 덮어둔 부분은 언젠가는 문제를 일으키며 나타나게 된다는 의미야.

아들아, 잘 들으렴.

앞에서 말한 것처럼, 몸과 마음이 따로인 존재로서 부부는 의견이 다르고, 감정이 다르고, 의지가 다를 때가 있어. 그때 지혜로운 남편(아내)은 사랑의 단계와 이성의 단계라는 두 단계의 과정을 거치며 문제를 풀어간단다. 그리고 이 두 단계를 모두 관장하는 것이 지혜야.

아들 그 두 단계에 대해 자세히 말씀해주세요.

아버지 먼저 지혜로운 남편은 이처럼 문제가 발생한 것은 나와 아내가 개별자로서 분리된 존재이기 때문에 생긴다는 것을 알고 있단다. 두 번째로 그는 지금 발생한 문제는 이성으로만 해결될 수 있다는 것을 알고 있단다.

예를 들어 여기에 아들을 가진 부부가 있는데, 아내는 아들을 특목고에 보내고 싶어하고, 남편은 일반계 고등학교에 보내고 싶어한다고 치자. 또는 이번 주말에 아내는 남편과 함께 쇼핑을 하고 싶어하고, 남편은 자기 혼자서 등산을 하고 싶어한다고 치자. 자, 이런 문제를 단지 사랑만으로 풀 수 있겠니? 아니면 이성적인 대화(협상)를 통해서 해결해야 하겠니?

아들 이성적인 대화를 통해서 해결해야겠죠.

아버지 그렇지? 그런데 여기에 한 가지 문제가 있어. 이성적으로 대화를 하려면 감정적으로 깨끗한 상태가 되어야만 한다는 게 그거야. 만일 대화자가 감정에 북받쳐 있다면 그와 이성적인 대화가 이루어질 수 있을까?

아들 당연히 그럴 수 없죠.

아버지 따라서 지혜로운 남편은 아내가 이성을 되찾을 때까지 기다리거나, 이성을 되찾도록 도와준단다.

아들 아버지와 어머니는 어떠세요?

아버지   우리 부부는 그런 일이 거의 없어.

아들   왜요?

아버지   기본적으로 상대방에 대한 존중심과 배려심을 갖고 있거든.

아들   부부 싸움을 자주 하는 부부에게는 그게 없나요?

아버지   없다기보다는 적다고 해야겠지. 바꿔 말해서 좋은 부부는 컨디
션이 나빠져서 둘 사이가 멀어진다고 해도 제2그룹 이하로는 잘
떨어지지 않아. 그러다 보니 의견이 다를 때라고 해도 제2그룹
으로서의 우호적인 분위기 속에서 대화를 나누어 의견을 조정할
수 있어.

아들   이상한데요? 의견이 다르면 그때는 이미 제4그룹으로 넘어간 거
라면서요?

아버지   기본적으로 상대에 대한 호의를 가지고서 다른 의견을 개진하는
경우와, 그 호의가 없는 상태로 다른 의견을 개진하는 경우가 같
을까?

아들   당연히 다르겠죠.

아버지   내가 말하고자 하는 것이 바로 그거야. 바꿔 말해서 좋은 부부는
평소에 상대방에 대한 존중심과 배려심을 갖고 있어. 그러다 보
니 상대와 의견이 다를 때에도 존중심과 배려심을 갖고 자기의
의견을 진술하지.

그에 비해 보통의 부부는 평소에는 제1그룹으로서의 사랑을 하

지만 컨디션이 나빠지면 제3그룹을 넘어 제4그룹, 제5그룹의 관계로 순식간에 옮겨가 버리는 경향이 있어.

이때 아내가 제5그룹으로 옮겨갔다는 것은 그녀의 감정이 지극히 부정적인 상태로 바뀌었다는 것을 의미해. 그때 아내는 나에게 대해 짜증·분노·불쾌감을 느끼고 있는 거지. 이처럼 사랑의 단계(제1그룹)나 우호 단계(제2그룹)에서 대화를 시작하지 않고 곧바로 경쟁·적대 단계로 접어든다면 상대방 또한 기분이 나빠질 수밖에 없겠지.

이같은 태도를 나는 '좋은 과일을 나쁜 그릇에 담기'라고 부른단다.

아들　그 비유를 자세히 설명해주세요.

아버지　어떤 아내가 남편과 다른 의견을 갖고 있고, 그 의견은 이치로 보면 옳은 것이라고 가정해보자. 예를 들어 담배를 피우는 남편에게 아내가 담배를 끊으면 좋겠다는 의견을 가질 경우 그 의견은 이치로만 보면 옳은 거라고 할 수 있지.

이 옳은 이치가 '좋은 과일'이야. 그런데 아내는 지금 화가 났어. 왜냐하면 그동안 여러 차례 담배를 끊으라고 말했고, 그래서 남편이 그러겠다고 약속을 했는데도 여전히 담배를 끊지 못하고 있기 때문이지. 그래서 아내는 화를 내며 "왜 몸에 안 좋은 담배를 피우는 거예요?"라고 말하게 되는데, 이때 '화'가 바로 '나쁜 그릇'이야. 이 경우 담배를 피우면 몸에 해롭다는 것은 이성적으로 보아 좋은 면이고, 화를 내며 말하는 것은 감정적으로 보아 나쁜 면이야.

문제는 두 사람이 두 부분 중 각기 다른 부분에 주목한다는 데 있어. 아내는 자기가 이치로 보아 옳은 말을 하고 있다는 데 주목하고, 남편은 감정적으로 보아 상대가 나를 불쾌하게 만들고 있다는 데 주목하는 거지.

예컨대 어떤 사람이 맛있는 사과를 더러운 그릇에 담아 내놓았다고 치자. 그때 그것을 받는 사람은 맛있는 사과를 대접받는다는 점에서 기분이 좋을까, 아니면 더러운 그릇을 보며 불쾌한 느낌을 받을까?

아들　불쾌한 느낌을 받겠죠.

아버지　바로 그 점이야. 즉, 지혜롭지 못한 보통 사람은 어떤 말을 들을 때 그 본질이나 내용보다 그 외양과 형식을 '먼저' 파악하게 돼. 그런데도 아내는 상대가 먼저 파악하는 그 점을 놓치고서 나쁜 그릇에 과일을 담아 내밀고 있는 거야.

이후 두 사람은 엇갈린 관점을 내세우며 싸움을 하기 시작해. 아내는 남편에게 "내 말이 틀렸어요?"라며, 이치로 보아 자신의 말이 맞다는 점을 내세우지. 그렇지만 남편은 아내에게 "그런데 왜 화를 내는 거요?"라며 자신의 감정이 상한 데 대한 불쾌함을 내

세우는 거야.

아내는 남편이 자신의 의견을 수용해주지 않는다는 점 때문에 더욱 화가 나게 돼. 이렇게 화가 나면 날수록 사람은 자기를 더 보호하고 싶어지는데, 이 보호심리가 남을 공격하게 하지. 급기야 아내는 이렇게 말하게 되지. "당신도 지금 화를 내고 있잖아요?" 그러면 이번에는 남편이 이치를 따지고 들어. "화는 당신이 먼저 냈잖소?" 이러다 보면 둘의 언쟁은 "화를 내도록 한 사람이 누군데!"를 거쳐, "그래, 모든 게 다 내 잘못이오, 됐소?" 하는 비아냥(간접공격)으로 나타나고, 그러면 그 비아냥에 기분이 더욱 더 상한 아내는 "잘못인 줄 알면 고쳐야죠!"라고 몰아붙이게 되는 거야.

아들 그렇다면 남편이 약속을 하고도 담배를 끊지 않을 때, 좋은 아내는 어떻게 말하나요?

아버지 먼저 상대에 대해 진정으로 걱정하겠지.

아들 앞에서 예를 든 아내는 진정으로 걱정한 게 아닌가요?

아버지 조금 전의 아내는 남편을 진정으로 걱정했다기보다는 남편에 대한 걱정 속에 자신의 이익을 투영하고 있다고 봐야 해. 즉, 남편이 담배를 피움으로써 몸을 상하면 결과적으로 내가(우리 가족이) 불이익을 받게 된다든가, 남편이 담배를 피울 때 나는 냄새가 싫다든가 하는 식으로 말야.

그에 비해 좋은 아내는 그 점은 둘째로 치고, '그보다 먼저' 진심으로 남편이 건강을 걱정하지. 즉, 아내는 거기에 자기의 이익을 끼워 넣지 않은 순수한 상태로 남편을 걱정한단다. 생각해보렴. 이렇듯 진심으로 남편이 건강이 걱정되는 아내가 남편의 금연에 대해 화가 나겠니, 아니면 안쓰럽고 측은한 마음이 들겠니?

아들 　안쓰럽고 측은한 마음이 들 것 같아요.

아버지 　바로 그래. 그리고 아내가 그런 마음을 갖고 있다는 것은, 그녀가 남편을 제1그룹의 사람으로 받아들이고 있음을 의미해. 그런 마음가짐이 남편을 향해 내놓는 과일 그릇을 좋은 것으로 바꿔주는 거야.

이때 좋은 그릇, 즉 아내가 하는 좋은 말의 첫 번째 특징은 말씨가 부드럽고 낮고 느리고 진실되다는 점이고, 두 번째 특징은 1인칭 어법을 사용한다는 점이야. "'당신'이 담배를 안 피우면 좋겠어요. 지난 번에 안 피우기로 약속하셨잖아요?"라고 말하는 게 아니라 "당신이 담배를 피우면 '나'는 마음이 아파요. 당신이 걱정이 돼서 말이에요."라고 말하는 거지.

이 두 어법의 상이점은 전자는 나의 의견(의지)을 상대에게 주문(강요)하는 것인데 비해 후자는 나의 감정 상태를 말한 다음 내 감정 상태에 대해 그가 어떤 태도를 취할 것인지는 상대에게 맡기는 거야. 바꿔 말해서 전자에는 상대에 대한 존중과 배려가 없지만, 후자에는 그것이 있어.

"당신이 담배를 피우면 '나'는 마음이 아파요. 당신이 걱정이 돼서 말이에요."라는 말은 "담배를 피우고 안 피우고를 결정할 사람은 당신이에요. 다만 나는 당신이 담배를 안 피우면 나에 대한 배려가 될 거예요, 즉, 그때 나는 당신에게 감사의 마음을 갖게 될 거예요."라는 의미야.

그러니까 결정권을 상대방에게 주는 이 말에는 상대방에 대한 인격적 존중과 배려가 있어. '내가 결정하고 당신은 따라야 한다.'라는 것이 아니라 '결정은 당신이 하세요. 나는 다만 내 감정과 의견을 말할 뿐이에요.'인 거지.

아들　들고 보니 그 어법은 전에 아버지께서 하신 말씀, 청유형 언어에서 상대의 배려심을 찾아내시던 말씀과 같은 거네요.

아버지　그래. 같은 의미에서 좋은 부부는 청유형 언어를 많이 쓴단다. 일부러 쓰려고 하지 않더라도 상대에 대한 존중과 배려심이 있는 사람은 자기도 모르는 사이에 이런 어법을 쓰게 마련이야.

네 어머니를 보렴. 어머니는 늘 이렇게 말씀하시지? "여보, 이렇게 해주실래요?", "애, 네가 이렇게 해주면 참 고맙겠다." (웃으며) 그러니까 너는 이제부터 어머니로부터 이런 말을 들을 때 그 말에 너에 대한 존중과 배려를 담고 있다는 것을 알아차려야만 해.

아들　알았어요. 그런데 아무리 좋은 부부라고 해도 의견이 서로 다른 문제를 존중과 배려만으로 해결할 수는 없지 않을까요? 존중과 배려를 한다고 해서, 아들이 특목고로 가야 하는지, 일반계 고등학교로 가야 하는지에 대한 결론이 저절로 나오는 건 아니잖아요?

아버지 그건 그렇지. 존중과 배려를 가진 부부에게도 문제는 생기게 마련이야. 이 때문에 나는 사랑만으로는 모든 문제를 풀 수 없다고 한 거야. 문제가 생겼을 때 부부는 사랑, 즉 존중과 배려를 전제로 이성적인 접근을 할 수 있어야만 하고, 이렇듯 사랑과 이성을 잘 운용하는 것을 지혜라고 부르자고 말한 거지.

좋은 부부는 존중과 배려를 기반으로 이성적인 접근을 용이하게 할 수 있어. 서로 다른 의견이 있을 때는 이성적인 접근법 말고는 다른 길이 전혀 없는데, 보통의 부부가 이성적으로 접근도 하기 전에 감정적으로 충돌하는데 비해 좋은 부부는 감정적 충돌 없이, 더 좋은 경우라면 서로에 대한 사랑과 자비심을 갖고 이성적 접근을 하게 되겠지.

아들 이런 경우는 어떤가요? 남편은 좋은 남편인데 아내는 보통의 아내인 경우, 또는 그 반대의 경우요.

아버지 그런 경우가 있겠지. 또한 컨디션이 나빠지면 좋은 아내도 보통의 아내로 돌아가게 마련이야. 만약 아내가 보통의 수준으로 하향했을 때, 아마도 아내는 맘이 많이 상해 있을 테지. 바꿔 말해서 그때 남편은 제1그룹에 있고, 아내는 제4그룹(더 나쁠 경우 제5그룹)에 가 있다고 말할 수 있는데, 따라서 그때 남편에게 필요한 것은 어떻게든 아내를 도와 그녀를 제5그룹의 상태로부터 제4그룹으로 이동시키는 것, 가능하다면 제3그룹으로, 나아가 제2그룹으로 이동시키는 거야. 물론 그녀를 제1그룹으로 되돌려 놓을 수만 있다면 더더욱 좋겠지.

그렇다면 어떻게 그녀를 보다 상위의 그룹으로 이동시킬 수 있을까? 그것의 출발점이 바로 조금 전에 말한 자비심, 즉 사랑이야. 즉, 그때 남편은 그녀의 감정을 이해하며 잘 다독여줘야만 해.

지혜로운 남편은 알고 있어. '지금 단계에서는 아직 이성을 발동시킬 때가 아니다. 지금은 아내의 감정을 다독여주는 첫 번째 단계, 즉 사랑의 단계다.'

그래서 그는 아내의 감정을 긍정하며 받아들여 줘. "아, 그랬소?", "아, 그랬군요!", "당신이 마음이 아프다니 나도 마음이 아파요." 등등의 말로 자신이 진심으로 아내를 걱정하고 있으며, 어떻게든 도와주고 싶어한다는 것을 알려주는 거지.

이 사랑의 단계를 거치는 동안 아내는 감정을 누그러뜨리게 돼. 남편의 진심어린 사랑의 말 속에 스며들어 있는 자신에 대한 존중과 배려를 느끼고 감동하게 되기 때문이지.

아들 그렇다면 그 남편은 두 번째 단계에서 무엇을 어떻게 하나요?

아버지 두 번째 단계라는 것은 두 사람이 이성을 회복한 상태를 의미하는데, 이 상태는 이제 부정적인 감정의 격랑이 사라지고 하늘은 맑게 갠 상태야. 그렇게 깨끗한 상태가 되었을 때서야 비로소 그 지혜로운 남편은 이성을 작동하여 문제를 다루기 시작한단다.

그때 두 사람은 처음의 자리, 즉 제1그룹의 자리로 돌아와 있어. 상대에 대한 존중과 배려가 있는 그 자리로 말야. 당연히 두 사람 사이에는 깊은 사랑·존경·친절·신뢰가 깃들어 있지. 그런 좋은 덕목이 충분한 상태에서 두 사람은 이성적인 대화를 시작하고, 그 대화를 통해 합의에 이르게 된단다.

제1그룹의 사람이라고 해도 언제나 고정적으로 제1그룹의 사람에만 머무는 것이 아니라 어떤 때는 제2그룹으로 사람으로 격하되고, 다른 어떤 때는 제3그룹, 제4그룹의 사람으로 격하될 때가 있다는 건 알겠지? 다만 대체로 제1그룹에 머문다는 점에서 그들을 제1그룹으로 분류하는 것뿐이야.

예를 들어 부부의 사랑이 지극할 때 두 사람은 제1그룹이지만, 그 사랑이 조금 엷어져서 단지 친밀함을 느끼는 정도일 때 두 사람은 제2그룹이 된 거고, 좋지도 싫지도 않는 무덤덤한 때는 제3그룹이 된 거라고 할 수 있어.

이 점은 부자(모녀) 간이나 형제간에서도 마찬가지야. 또한 반대 방향으로도 가능하지. 지금은 제2그룹에 속하는 친구가 어느 한 순간에는 제1그룹으로 편입되는 경우도 생각해볼 수 있어. 또 스포츠에서 같은 팀원이 되는 경우, 처음에 그들은 제2그룹으로 출발하겠지만 단합이 깊어지는 순간 그들의 관계는 제1그룹으로 진입한다고 볼 수 있지.

이같은 반대 방향으로의 이동은 심지어 나의 적인 제5그룹의 사람을 제2그룹, 또는 제1그룹으로 이동시키기도 한단다. 예를 들어볼까? 황산벌 전투 때 신라의 화랑이었던 관창은 백제군에게 돌진했다가 계백 장군에게 사로잡혔는데, 너는 그 이야기를 알고 있니?

아들 네, 알고 있어요.

아버지 서로 전투를 벌이는 신라군과 백제군은 적대적인 관계, 즉 제5그룹인 게 맞지?

아들 네.

아버지 그런데 사로잡힌 관창의 투구를 벗겨보고 나서 계백 장군은 그가 아직 어린 소년에 불과하다는 것을 알게 되었어. 그래서 계백 장군은 관창을 풀어줬는데, 그때 계백 장군이 관창을 바라보는 관점은 제5그룹에서 제1그룹(제2그룹)으로 이동했다고 봐야 해. 그때 계백 장군은 출전하기 전에 죽이고 온 자기 아들을 기억해낸 것일 테니까 말야.

아들 그렇네요.

아버지   제5그룹의 적을 향한 안쓰러운 마음! 이 안쓰러운 마음이 유가

(儒家)가 가장 소중히 여기는 인(仁)의 마음이야.

맹자에 따르면 인의 마음은 측은지심(惻隱之心)이고, 그 마음은 우

물 안으로 기어 들어가는 아기를 안쓰럽게 여기는 마음이야. 같

은 의미에서 유가는 추기급인(推己及人)을 가르치고 있는데, 추기

급인이란 나의 입장을 미루어 남의 입장에 이른다는 의미야. 마

치 계백 장군이 화랑 관창을 죽이려다가 그의 아버지 품일 장군

의 심정을 헤아린 것처럼 말야.

자, 이로써 우리는 이타적인 인간이 어떻게 탄생하는 것인지 알

게 된 것 같은데, 어떠니?

아들   (잠시 생각한 다음) 그러니까…… 남의 고통에 대한 감정이입이

중요하단 말씀이시군요.

아버지   그래. 그리고 그것이 인의 마음(유교), 자비의 마음(불교), 아가페

로서의 사랑의 마음(기독교)이야. 알고 보면 윤리는 이 감정이입

에 기초하고 있는데, 인의 마음, 자비의 마음, 아가페로서의 사랑

의 마음은 모두 윤리의 극대화라고 할 수 있단다.

인의 마음은 일종의 동정심이지만 그것은 일반적인 동정심과는

달라. 일반적인 동정은 나는 불쌍하지 않은데 남은 불쌍할 때 생

겨. 그렇지만 인의 마음은 나도 불쌍하고 너도 불쌍할 때 생긴다

는 점이 다르단다.

아들 나도 불쌍하고 너도 불쌍하다면, 결국 모든 사람이 다 불쌍하다
    는 얘기 아니에요?

아버지 그래. 모든 사람은 다 불쌍한 존재야.

아들 왜요?

아버지 모든 사람은 개별자니까.

아들 네?

아버지 아들아, 우리는 개별자로서의 기초를 갖고 있어. 그런데 개별자
    로서의 기초를 갖고 있다는 것은 나의 삶에 대해 전적인 책임을
    진다는 것을 의미해. 그리고 그 책임의 끝은 죽음이지.

    마침내 죽어야 할 존재! 그런데 그 죽음을 우리는 우리 스스로
    짊어지고 해결해야 해. 아파야 하는 존재, 번뇌해야 하는 존재로
    서의 인간도 불쌍한 존재이지만 그것까지는 그렇다고 쳐. 그렇
    지만 내가 마침내 죽을 수밖에 없는 존재라는 데 이르러서는 모
    든 인간이 정말로 불쌍한 존재, 안쓰러운 존재, 위로받아야 할 존
    재, 이해받아야 할 존재가 아닐 수 없어.

    (한참 동안 자신의 말이 갖는 심각성과 진실성을 느끼며 말없이 있다
    가) 아들아, 나의 아들아, 사랑하는 나의 아들아. 바로 이 점을 깊
    이 느끼고 깨달아야 한단다.

    진정 깊은 인간이 되려면, 진정 깊은 행복을 느끼려면, 진정 참
    다운 삶의 핵심에 이르려면 너는 먼저 너 자신을 그 불쌍한 기초

위에서 찬찬히 짚어봐야 해. 그런 다음 너 자신부터 다독이고, 위로하고, 격려하고, 사랑해야 해.

그러다 보면 마음이 한결 누그러질 거야. 한결 편안해지고, 고요해지고, 그리고 마침내 평화와 행복이 찾아오겠지. 그때 네가 얻은 진실한 평화와 행복을 남과 나누는 것, 그것이 바로 인이고, 자비이고, 아가페로서의 사랑인 거야.

아들   (감동이 되어 눈물을 글썽이며) 아!

아버지   생각해보면 인격이 지고한 경지에 이른 성자들은 인의 경지, 자비의 경지, 아가페로서의 사랑의 경지에 이르신 분들인데, 그 분들은 이같은 깊은 자기 성찰(철학적 숙고)을 거쳐 깊은 감정적 순화를 얻었고, 그 결과 모든 인류를 사랑하는 경지에 이르셨단다. 그 분들이 도달한 경지를 영성적(靈性的) 경지라고 부른다면 우리는 이 영성적 경지를 향해 나아가는 삶을 살아야만 해. 지금은 그렇지 못하겠지만 최종 목표는 그것으로 삼아야 한단 얘기야. 내 말은 네가 제1그룹과 제2그룹의 범주를 꾸준히 넓혀나가야 한다는 거야. 물론 제1그룹의 대상을 가족 이상으로 확대하는 것은 매우 어려운 일이야. 따라서 우리는 먼저 제2그룹을 확대하는 것으로부터 시작해야 해. 예컨대 우리가 나와 친분이 없는 사람들, 예를 들어 길거리를 지나가는 낯모르는 사람에게 친절한 마음, 배려하는 마음, 우호적인 마음을 갖는다면 그 사람은 그만큼

제2그룹의 범주를 확대한 것이 되겠지.

아들　언젠가 아버지는 '우리는 개별자로 태어났지만 마지막엔 개별자를 넘어서야 한다, 나 자신을 위해서보다 남을 위해 살 때 우주적·영적인 힘을 끌어낼 수 있고, 그때 위대한 사람이 탄생된다'는 말씀을 하신 적이 있는데, 지금 우리는 그 지점에 도착한 셈이군요!

아버지　바로 그래.

아들　그런데 아버지의 말씀과 관련해서 며칠 전에 제가 만났던 할머니를 이야기하지 않을 수 없어요.

아버지　어떤 할머니를 만났는데?

아들　며칠 전에 학교 근처의 꽃집 앞에서 한 할머니를 만났는데요, 그분은 제가 한 번도 본 적이 없는 분이었어요. 그런데 그 할머니가 길 저편에서 저를 보시더니 문득 빙그레 웃으시는 거예요. 손에는 프리지어 한 묶음을 드시고요.

아버지　그런 일이 있었니?

아들　그런데 할머니의 웃음이 아주 밝으셨어요. 어린아이의 웃음에서 느껴지는 순수함? 아니, 어떤 면에서는 그 분의 웃음은 아기의 웃음보다도 더 순수했어요. 아기의 웃음은 단지 순수하기만 할 뿐 깊이는 느껴지지 않잖아요? 그런데 그 할머니의 짧은 웃음에는 아주 깊은 느낌이 있었어요.

그래서 저도 따라 웃을 수밖에 없었어요. 그런 경우 대개는 좀 억지스러운 느낌이 드는 웃음으로 응대하는 경우가 있는데요, 그땐 그렇지 않았어요. 저 또한 억지가 아닌 순수한 웃음으로 응대할 수 있었어요. 아마도 할머니의 웃음 속에 담긴 진심어린 무언가가 저의 마음 안쪽을 녹여 비췄기 때문이 아닐까 싶어요.

아버지   아주 훌륭한 분을 만났구나!

아들   저는 지금까지 그런 웃음을 본 적이 거의 없어요. 아무 조건 없이, 아무 기대 없이, 오직 내가 사람이라는 것, 내가 여기에 존재한다는 그것을 순수하게 고마워하시는 것 같은 웃음! 아, 저는 앞으로도 그 할머니의 웃음은 정말 오랫동안 잊을 수 없을 것 같아요!

아버지   (생각에 잠겼다가) 그래……. 우리 주변에는 남이 행복하기를 진심으로 바라는 사람, 남의 고통이 줄어들기를 진심으로 바라는 사람들이 있어. 나는 그런 분들을 '골목길의 성자'라고 부른단다.

아들   (잠시 말이 없다가) 저도 그런 웃음을 웃는 사람이 될 수 있을까요? 저도 골목길의 성자가 될 수 있을까요? 나중에 어른이 된 다음에 말이에요.

아버지   먼저 제5그룹 사람을 제4그룹으로 이동시키는 일, 제4그룹 사람과 떳떳하게 경쟁하는 것, 즉 그들을 제3그룹처럼 대하는 일을 하도록 애써 보렴.

그리고 내가 말한 것으로 돌아가, 너 자신의 기초가 얼마나 허무하고 허약한 것인지를, 나의 몸은 한 줌의 흙에 불과하여 언젠가는 스러질 것이며, 그때 나의 마음이 사라지고 나면 내가 지금 욕심내고 집착하는 모든 것들이 다 무(無)로 돌아가버릴 것이라는 점을 자주 상기하도록 노력하렴.

아들　그런데요…… 그런 생각을 하다 보면 허무주의자가 되지 않을까요?

아버지　그럴 것 같니? 그럼 지금 눈을 감아 볼래? (아들이 눈을 감기를 기다려) 자, 이제 네 마음을 잘 살펴 봐. 네가 마침내 무로 돌아갈 존재라는 것을 생각하면서 말야.

아들　(한참 뒤에) 의외로 허무한 느낌이 안 드는데요?

아버지　나약한 마음을 가진 사람이 그런 생각을 자주 하면 허무감에 빠질 수 있다는 건 나도 인정해. 아니, 강한 마음을 가진 사람도 일단은 허무감을 느끼긴 하지. 그러나 강한 마음이 진실된 마음, 바른 마음과 잘 결합하면, 내가 마침내 무로 돌아간다는 사실을 음미함으로써 맑고 고요한 느낌이 우러나게 된단다.

그리고 마침내는 그 맑고 고요한 느낌으로부터 삶에 대한 지극히 순수한 동기(動機)가 일어나는 법이야. 욕심에 근거한 동기가 아닌, 이기적인 동기가 아닌, 이타적이라는 말조차도 불순하게 느껴지는 그런 순수한 동기가.

아들　　아!

아버지　그렇지만 너는 아직 그런 영적(靈的) 동기에 대해 대화를 나누기
에는 준비가 덜 된 것 같구나. 그러나 실망할 건 없어. 언젠가는
그런 때가 올 테니까. 그리고 그때 그 동기를 잘 계발하면 너는
오늘 봤던 그 할머니 같은 미소를 갖게 되겠지.

아들　　(생각에 잠기며 고개를 끄덕인다.)

아버지　짐작컨대 그 할머니는 오늘 내가 존재하고 있다는 그것만으로
충분히 행복한 마음, 오늘 이 순간을, 지금 이 자리를 찬란하게
빛나는 느낌으로 향유하는 마음을 가지신 것 같아. 그 마음이 그
토록 순수한 미소를 낳은 거지.
아들아, 나 또한 그 할머니처럼 되고 싶은 마음이 간절하단다. 그
렇지만 노력에 비해 성과는 아직 미미하구나. 그렇긴 해도 그 방
향을 향해 나아가기 위해 준비하는 동안, 또 그 방향으로 나아가
는 걸음마 단계에서 많은 것을 알고 느끼고 체험했으니까, 시간
이 나면 그걸 소재로 언젠가 너와 이야기를 나눠보고 싶구나.

아들　　언제 그 이야길 해주세요.

아버지　(웃으며) 내 생각에는 그것이 우리의 다음 대화의 주제가 되지
않을까 싶구나. 그러니까…… 지금까지 몇 달 동안 너와 내가 나
눈 대화가 시즌1이라면 그게 시즌2가 되는 거지.

아들　　그럼 시즌1은 이것으로 마치는 거예요?

아버지   그러자꾸나. 그리고 기회를 봐서 시즌2를 생각해보자꾸나.

아들   알았어요.

         아버지, 그동안 고마웠어요. 진심이에요!

         그리고 아버지, 사랑합니다. 사랑하고 또 존경합니다!

아버지   나도 사랑한다.

         (두 사람, 포옹한다.)

제9장
사랑

- 모든 좋은 인간관계는 상대의 인권(자유)을 존중하는 데서부터 시작된다.

- 좋은 부부 관계를 유지하는 데는 사랑만으로 충분하지 않다. 사랑은 이인삼각으로서의 부부에서 묶인 다리 부분에서 존재하는 것이지만 부부 싸움은 묶이지 않은 다리 부분에서 일어나는데, 이 부분을 다루는 데는 사랑이 아니라 이성적 접근이 필요하다.

- 묶인 다리 부분(또다른 나＝사랑)과 안 묶인 부분(남남＝이성)을 적절하게 조절, 조화시키는 것은 지혜이다.

- 서로 다른 의견을 이성적으로 다루기 위해서는 먼저 감정의 앙금이 제거되어야 한다. 사람은 감정이 북받쳐 있을 경우 이성을 냉정하게 작동하지 못하는 법이기 때문이다.

- 좋은 부부는 상대에 대한 존중과 배려심을 갖고 있기 때문에 의견이 다를 때에도 우호적인 분위기에서 문제를 제기하게 된다. 그렇지만 보통의 부부는 문제가 제기되는 순간 제4그룹, 제5그룹으로 옮겨가 버리고, 그 공격적인 태도 때문에 상대방은 감정을 상하게 된다.

- '좋은 과일을 나쁜 그릇에 담아 내놓음'으로써 부부 싸움을 시작하는 경우가 많다. 이때 좋은 그릇은 이치에 맞는 말을, 나쁜 그릇은 부정적인 감정(짜증, 화)을 갖고 말하는 것을 가리킨다. 이렇게 하면 상대방은 좋은 부분보다 나쁜 부분을 '먼저' 느낌으로써 반격을 하게 되어 부부 싸움으로 확대된다.

- 좋은 부부는 상대방에 대해 기본적인 존중심과 배려심을 갖고 있다. 거기에 나의 이익을 끼워 넣지 않은 상태에서, 지극히 순수한 상태에서 상대방을 위하고 염려하는 마음을 갖고 있는 것이다.

- 진심으로 상대방을 걱정하는 아내(남편)의 목소리는 조용하고, 낮고, 느리다. 또한 그런 아내는 1인칭 어법을 사용한다. 1인칭 어법의 요점은 의견(의지)의 결정권을 상대방에게 주고 나는 단지 나의 감정(의견)을 진술하는 것뿐이라는 데 있다. 이때 결정권을 상대에게 준다는 것은 그가 개별자로서의 인권을 가졌음을 인정하는 것이고, 상대 또한 그같은 존중으로부터 책임감을 일으켜 문제 해결에 적극 나서게 된다.

- 의견이 다른 부분에 대해 이성적인 접근 이외의 다른 길은 없다. 좋은 부부는 감정적인 앙금이 없는 상태에서 이성적으로 접근하지만, 보통의 부부는 이성적인 접근을 하기도 전에 감정적인 문제가 발생하여 문제를 더욱더 복잡하게 만든다.

- 한 쪽이 좋은 남편(아내)이고, 다른 쪽은 보통의 아내(남편)일 경우(좋은 부부도 컨디션이 나쁠 때는 보통의 부부가 된다) 좋은 남편은 아내가 제4그룹이나 제5그룹으로 가 있을 때 그녀의 감정을 다독이고 어루만져 줌으로써 그녀가 제1그룹이나 제2그룹으로 돌아오도록 도운 다음 이성적인 대화로써 문제를 해결한다.

- 다섯 그룹은 상호 이동이 가능하다. 제1그룹인 부부가 제4그룹(또는 제5그룹)으로 이동할 수 있듯이 제5그룹의 사람이 제1그룹으로 이동될 수도 있다. 화랑 관창을 풀어준 계백 장군의 경우가 그 한 예이다.

- 이같은 상향 이동의 기초는 상대방을 안쓰럽게 여기는 마음, 즉 인(仁)의 마음, 자비의 마음, 아가페로서의 사랑의 마음이다. 이 마음은 인간에게 감정이입으로서의 능력이 있기 때문에 생긴다.

- 감정이입은 윤리의 기초이고, 이의 극대화가 인의 마음, 자비의 마음, 아가페로서의 사랑의 마음이다.

- 인의 마음은 남을 불쌍하게 여기는 마음인데, 이 마음은 동정과는 다르다. 동정은 나는 불쌍하지 않고 너만 불쌍할 때 일어나고, 인의 마음은 나도 불쌍하고 너도 불쌍할 때 일어난다.
  자신의 모든 문제를 모두 책임져야 하고, 그 책임에 죽음이 포함된다는 점에서 모든 인간은 불쌍한 존재, 안쓰러운 존재, 위로받아야 할 존재, 이해받아야 할 존재이다.
  이에 기초하여 우리는 우리 자신부터 위로하고 격려하여야 한다. 그 위로와 격려를 통해 우리의 마음은 순화되며, 이를 기초로 마음의 진정한 평화와 행복이 나타난다. 이렇게 평화와 행복을 얻은 다음 남과 그것을 나누는 것이 가장 높은 차원의 삶이다.

- 우호 그룹을 넓혀나가는 영성적 삶은 인간의 지고한 목표이다. 그러나 보통의 사람으로서는 그것이 매우 어려우므로 먼저 적대 그룹을 경쟁 그룹으로, 경쟁 그룹

을 중간 그룹으로 이동시키기 위해 노력해야 한다.

- 예컨대 길거리를 지나가는 낯모르는 사람에게 던지는 미소는 내가 그를 제3그룹으로부터 제2그룹으로 이동시켰음을 의미한다.

- 우리 주변에는 비록 진짜 성자는 아닐지라도 지극히 순수한 마음으로 남의 행복을 바라고, 남의 고통이 적어지기를 바라는 마음을 가진 '골목길의 성자'가 있다.

- 자신의 기초가 무(無)임을 상기하는 것은 삶에 있어서 매우 중요하다. 그런 성찰이 마음을 허무주의로 전락시키지 않는다. 오히려 그를 통해 깊은 철학적 숙고를 얻어낼 수 있고, 그럼으로써 가장 높은 차원의 순수무결한 삶의 동기를 얻게 된다.

제10장

아버지의 에세이

· 따뜻한 마음으로부터의 행복 ·

부자 간의 대화가 있은 후 4년이 지났다. 그 사이 아들은 고등학교 과정을 마친 다음 대학교에 진학했고, 작가인 아버지는 두 아들 및 아내와 관련된 글을 발표했다.

큰아들이 돌아오던 날

어제 큰아들이 군에서 돌아왔습니다. 아내는 아들에게 다가가 아들을 살며시 안아주었습니다. 저는 운전석에 앉아 그걸 바라보며 그냥 있었습니다. 어쩔 수 없이 저는 사랑 표현에 서툰 70~80세대였던 셈입니다.

몸집이 작은 아들은 커다란 군용 백이 무거웠다고 말했습니다. 안쓰러운 마음과 함께 미안한 생각이 들었습니다. 아들의 키가 작은 게 제 키가 작기 때문이라고 생각했기 때문입니다.

아들의 표정은 밝았습니다. 당연히 밝았을 게 아니냐고 생각하는 분들도 있겠지만 세상사는 그처럼 단순한 것이 아닙니다. 제대 자체야 물론 홀가분한 일일 테지만, 그로써 얻어진 자유라는 선물에는 책임이라는 짐이 따라옵니다. 앞으로 어디에서 무엇을 해야 할지를 생각하면 막막해질 수도 있다는 의미입니다.

군을 마치자마자 곧바로 대학에 복학하는 젊은이들은 책무감이 좀 덜할 것 같습니다. 그러나 제 아들처럼 대학교를 마친 상태에서 군에서 제대를 하여 사회에 진출하는 젊은이들에게는 앞으로의 일이 걱정으로 다가올 수도 있을 것입니다.

그런데도 표정이 밝은 것은 아들이 자신의 미래에 대한 자신감을 갖고 있기 때문입니다. 저는 그렇게 믿을 만한 몇 가지 근거를 갖고 있습니다. 아들은 자신이 장래에 사회적으로 성공을 하리라는 것을 의심하지 않고 있으며, 저 또한 아들의 그 믿음을 믿습니다.

이 점에 대해 저의 경우를 말하자면, 저는 33년 전 미래에 대한 비전이 전혀 없는 막막한 채로 군에서 제대했습니다. 제게는 돌아갈 학교도, 일할 직장도 없었습니다. 미래에 대한 확신은커녕 갈 길조차 희미했습니다. 그러나 어찌어찌하다 보니 길이 열리고 마침내 글장이가 되었습니다. 한때는 일 년 내내 베스트셀러 일등을 유지한 책을 낸 적도 있습니다.

그때 얻은 이름에 의지하여 지금까지 글을 쓰며 살아오고 있지만, 더하여 '치열한 정신'과 '따뜻한 마음'에 대한 관심을 잃지 않으려고 애쓰며 살아오고 있지만, 이 행운은 운명이 도와준 덕분이지 제 능력이나 노력 때문만은 아닙니다. 전적으로 행운의 힘으로 된 일만은 물론 아니었지만, 그 덕을 꽤나 많이 봤다는 의미입니다.

행복했던 지난 한 해

여기에서 제가 하고 말하고 싶은 것은 바로 앞에서 언급한 '정신'과 '마음'입니다.

예전에 저는 이 두 단어에 대하여 전자는 지적인 인식을, 후자는 정서적인 느낌을 의미하는 것으로 정리한 적이 있습니다. 지금은 마음이라는 단어를 인식과 정서 둘을 다 포함하여 쓰기도 합니다만, 어쨌거나 저의 정서 상태는 지금 매우 행복한 편입니다.

아내는 제가 예술가여서 그렇다고 말합니다만, 저에게는 약간의 '조울기'가 있습니다. '조울증'이라는 정신질환이 있어서 이 말을 쓰기가 조심스럽지만, 그럼에도 불구하고 이 말 말고는 다른 적당한 말이 잘 생각나지 않아 이 말을 쓰도록 하겠습니다. 요컨대 저는 매우 고양되고 행복한 상태(조증)와 우울하고 무기력한 상태를 오고가는 경우(울증)가 가끔 있습니다.

　그렇다고는 해도 전체적으로는 평온한 때가 가장 길고, 울증보다는 조증을 더 많이 경험합니다. 그런데 작년의 경우에는 특히나 조증, 즉 마음이 한껏 행복하고 만족스러운 상태가 자주 일어났습니다. 그 조증은 제 평생을 통해 보더라도 처음 있는 정도로 높은 수준이었습니다.

　그 상태에서 저는 "나는 지금의 이 상태에 전적으로 만족스럽다"는 기분이 됩니다. 저는 행복이라는 말을 "그 상태에 만족스러워서 더 이상 아무것도 바라지 않는 감정"이라고 정의합니다. 그런 의미에서 저는 행복감을 꽤나 강하게 맛본 셈입니다. 그 행복감은 때로 사랑에 빠진 사람이 느끼는 희열의 수준까지 상승되었습니다.

　저는 그런 수준의 높은 희열감을 전에도 가끔 체험한 적이 있습니다. 제가 지금 살고 있는 집(4년 전에 지은 제 집의 이름을 '감나무집'이라고 지었습니다)을 짓기 전, 저는 당시에 살고 있던 아파트에서 20킬로미터쯤 떨어져 있는 농촌 마을의 전원주택 한 채를 빌려 집필실로 사용하고 있었습니다.

　그래서 아침이면 늘 그곳으로 향하게 마련이었는데, 아내는 저를 현관에서 배웅하곤 하였습니다. 출근을 할 때 저는 아내와 포옹을 합니다. 포옹은 어느 날은 평상심으로 하게 되지만, 조증이 있는 시즌에는 다릅니다. 그때 저는 아내에 대한 열정적인 사랑의 감정에 사로잡히게 되고, 어느 때는 제가 지금 살아 있다는 사실에 감동이 되어 어쩔 줄 모르는 지경이 됩니다. 그래서 저는 아내를 꼬옥 안고 온몸을 관통하는 희열에 몸을 부르르 떨곤 하였습니다.

그런데 작년과 재작년에 자주 느낀 아내와 삶에 대한 사랑의 희열감은 그 수준 면에서 전에 느끼던 감동의 정도보다 훨씬 강렬하였습니다. 그렇지만 지금 제 집필실은 '감나무집' 2층에 있습니다. 따라서 제가 아내와 떨어져 지내는 일은 거의 없습니다. 아내와 지내는 시간이라는 면에서 볼 때 저는 여느 남편에 비해 두세 배 이상의 행운을 누리고 있습니다.

이처럼 함께 지내는 시간이 많다 보면 사람의 관계는 좀 심상해지게 마련입니다. 아무리 사랑하는 사람과의 관계라고 해도 그런 점은 있게 마련이지요. 그런데도 불구하고 저는 작년에 아내를, 그리고 삶을 더욱더 사랑하게 되었습니다.

다행한 것은 아내가 저의 열렬한 사랑의 감정을 담연한 태도로 받아들여 준 점이었습니다. 아내는 저의 이같은 조증(희열감)이, 어느 정도 시간이 지나면 가라앉게 되리라는 것을 잘 알고 있었습니다. 그래서 담담하게 저의 감정을 수용해주었고, 실제로 얼마의 시간이 지나자 저는 평상의 마음을 회복하였습니다.

어쨌거나 저는 작년에 제 평생을 통틀어 가장 행복한 일 년을 보냈습니다. 다만, 경제 문제가 때때로 저의 행복감에 걱정거리로 다가올 때가 있었지만, 이 점에 대해서는 말하지 않겠습니다.

저는 제가 느꼈던 행복한 일 년을 회상하며 제 행복이 무엇으로써 구성되어 있는지 생각해보았습니다. 짚어보니, 제 행복은 여러 가지 요소로 구성되어 있었습니다.

제 행복의 첫 번째 요소는 무엇보다 '건강'이었습니다.

사실 저의 건강은 평생에 걸쳐 썩 자랑할 만한 정도는 되지 못했습니다. 특별한 병이 있는 것은 아니지만 모든 것이 조금씩 부족했습니다. 충분한 건강을 10으로 놓고 질병을 그 10이 3 정도로 낮아졌을 때를 의미한다고 가정할 경우, 저의 몸 상태는 나쁘면 4, 좋으면 5 정도에서 오가는 수준을 유지하였습니다.

그런데 무슨 까닭인지 작년 봄부터 건강이 많이 좋아졌습니다. 따져보면 여러 이유가 있을 테지만 이에 대해서도 일일이 말하지 않겠습니다. 어쨌든 이같은 건강의 회복은 저의 행복의 기초가 되었고, 비단 제가 아니더라도 건강이 행복의 전제가 된다는 것은 누구나 알고 있는 사실입니다.

두 번째로 저를 행복하게 한 요소는 건강을 바탕으로 제가 일에 '몰두'하게 되었다는 점입니다. 건강이 좋지 않았던 지난 이십여 년 동안 저는 일 년 중 글을 쓰는 시간을 대체로 보아 2, 3개월밖에 갖지 못했습니다. 그렇다면 나머지 9, 10개월은 뭘 하느냐고 묻는 분이 있을 것 같습니다. 그 기간에 저는 글을 쓰는 2, 3개월이 시작되기를, 저의 4, 5인 건강 상태가 8, 9의 수준에 이르기를 기다립니다.

물론 그 기다림의 기간에 책을 읽기도 하고 사색을 하기도 합니다만, 그러나 그 기간은 글을 쓰는 기간에 비해 덜 행복합니다. 책을 읽고 사색을 하는 것도 집중의 일종이고, 집중은 마음을 평온하고 행복하게 하는 것이지만 그 집중의 정도는 책을 쓰는 것에 비하면 낮은 편입니다.

그런데 작년의 경우 건강이 좋아진 때를 기준으로 볼 때 거의 70퍼센트 정도를 글을 쓰는데, 또는 그와 대등한 창조적인 일(영상물을 제작하는 일)에 집중할 수 있었습니다. 매일매일이 아니라 프로젝트 하나가 이루어지는 과정 전체를 집중하는 날로 보아 그랬다는 의미입니다.

그 집중이 저를 행복하게 해주었습니다. 집중은 마음을 한 곳에 모으는 것이고, 마음이 한 곳에 모이면 잡념이 없어집니다. 그리고 잡념이 없어진다는 것은 번뇌가 사라진다는 것을 의미합니다. 행복은 이 번뇌 없는 마음을 전제로 자연스럽게 꽃피어나는 결과물입니다.

저의 집중은 당연히 생산성으로 이어졌습니다. 그 결과로서 저는 작년에 큰 성과물 두 개를 완성하였습니다. 그런데 그것들은 경제적인 면에서는 거의 소득을 보지 못하였습니다. 이 점은 물론 중요합니다. 그렇지만 지금 제가 말하고 있는 것은 이 점이 아니라 그 집중의 기간 동안 제가 행복했다는 사실입니다.

아내와 명상이 가져다준 행복

저를 행복하게 한 또 하나의 요소는 제가 그동안 거의 놓고 있다시피 했던 '명상'을 다시 시작하게 된 점입니다. 그러나 작년의 저의 명상 수행은

‘열심히’가 아니라 ‘약간 노력을 기울이는’ 수준에 불과하였습니다. 그럼에도 불구하고, 아마도 전에 수행을 했던 덕분이겠지만 작년에 명상은 저의 행복감에 크게 기여하였습니다.

제가 놓고 있던 명상을 다시 시작하게 된 것은 아내 덕분이었습니다.

그동안 저는 제가 명상을 시작한 1989년 이래로 아내에게 명상을 하라고 한 적이 없습니다. 권유 차원에서 두세 번 말한 적이 있을 뿐입니다. 또한 저는 제가 하는 명상이 저 자신은 물론 아내에게도 좋은 것이 되도록 유념하였습니다. 이런 저의 태도가 아내로 하여금 저의 명상을 후원해주는 마음을 내도록 했었나 봅니다. 저는 아내의 지원을 받아 외국(미국과 미얀마)으로 나가 명상에 전념하는 기회를 여러 차례 만들 수 있었습니다.

그런데 작년 8월의 어느 날, 아내는 오래 잊고 있었던 기억을 되살리기라도 한 것처럼 누가 시키지도 않았는데 스스로 명상을 시작하였습니다. 그때부터 저는 아내의 구루(교사)가 되었습니다. 저는 아내에게 명상을 하는 동안에 일어난 몸과 마음으로부터의 현상을 기록하도록 한 다음 하루에 한 번씩 그것을 점검하며 지도해주었습니다.

아내의 명상은 나날이 진보하였습니다. 얼마의 시간이 흐르자 아내는 사물을 바라보는 데 있어서 전에 비해 보다 큰 마음의 여유 공간을 확보하는 것 같았습니다. 본래부터 성품이 부드럽고 온아한 사람인 저의 아내는 명상을 통해 그것을 더욱더 심화하는 듯 보였습니다.

어느 날 아내는 저에게 사람들이 ‘슬프고 안쓰러워’ 보인다고 말했습니다. 그래서 저는 '남을 슬프게 보는 것'이 어떤 의미를 갖고 있는지에 대해 말해주었습니다.

이 감정을 불교에서는 '자비심'이라고 부르는데, 자비는 사랑을 의미하는 자(慈)와, 동정을 의미하는 비(悲)가 합쳐진 말입니다.

자비심은 생명을 가진 모든 존재가 필연적으로 죽게 마련이라는 인식을 기반으로 일어납니다. 보다 넓고 보다 깊은 이 관점에서 볼 때 부자도 권력자도 불쌍합니다. 명예를 얻은 사람도, 외모가 아름다운 사람도 안쓰럽습니다. 그들 또한 언젠가는 죽어야 하기 때문입니다. 그때를 당하게 되면 그들이 자랑스럽게 여기고 있는 재산·권세·명예·미모 등은 아무 쓸모도 없는 것으로 변해버리게 됩니다.

보다 멀고 긴 이 관점.

이 관점을 가진 자비의 사람은 남을 비난하지 않습니다. 어떤 사람이 나를 욕할 때 그는 그 사람을 욕하는 것이 아니라 동정합니다. 그가 보다 멀고 긴 안목을 갖고 있지 못한 것을, 그가 스스로의 몸과 마음에 독을 만들어 퍼뜨리고 있다는 사실을 슬프게 생각합니다. 이것은 자비심을 가진 사람이 자아를 보호하려는 마음보다는(또는 그 마음과 함께) 타자를 위하고자 하는 마음을 더 많이 갖고 있음을 의미합니다.

기독교로 번안할 경우, 이 감정은 '아가페(agape)'의 사랑이 될 것입니다. 신의 인간에 대한 사랑, 그 사랑에 대한 보답으로서의 인간의 신을 향한 사랑, 그 결과로서의 인간의 인간에 대한 사랑이 아가페의 사랑입니다.

여기에서 '신'을 '진리'로 바꿀 경우, 아가페와 자비심은 완전하게 같은 의미의 말이 됩니다.

이 자비심과 아가페의 사랑은 나만을 생각하는 좁은 울타리를 무너뜨립니다. 그렇다고 해서 작년에 저와 제 아내가 그런 자비심이나 사랑을 경험했거나 체득했다고, 그럼으로써 나만을 생각하는 좁은 울타리를 무너뜨렸다고 말하고 있는 것은 아닙니다. 저희는 다만 그를 향한 아주 조그만 '실마리'를 잡았거나 보았다고 말하고 있는 것뿐입니다.

그렇다고는 해도 이 '실마리'는 매우 중요합니다. 왜냐하면 이 실마리로부터 우리는 참다운 행복으로 가는 첫걸음을 뗄 수 있기 때문입니다.

자비심은 동정심의 일종이고, 동정심에는 두 가지가 있습니다.

첫 번째 것은 나는 강하고 상대가 약할 때 일어납니다. 두 번째 것은 나와 상대가 함께 약할 때 일어나는데, 자비심은 이 두 번째 동정의 다른 이름입니다. 바꿔 말하여, 자비심을 가진 사람은 자기가 불쌍하기 때문에 남을 불쌍하게 여기는 마음입니다. 그에 비해 일반적인 동정은 자기는 불쌍하지 않은 상태에서 남만을 불쌍하게 여기는 마음입니다.

자비심으로서의 동정은 일반적인 동정보다 훨씬 아름답고, 훨씬 고귀하며, 훨씬 우아합니다. 그런 의미에서 "왼손이 하는 일을 오른손이 모르게 하라."라는 성경의 말씀을 저는 "선행을 하되, 그것을 강자의 약자에 대한 동정으로서가 아니라, 모든 인류가 동일한 약자라는 의미를 배경에 두고서 하라."라는 의미로 해석합니다.

그런 동정·이해·자비·사랑의 마음은 남들에게 이익을 주기 이전에 자기 자신의 내면에서 참다운 이익의 꽃을 피웁니다. 그런 동정·이해·자비·사랑이 훌륭한 것은 그것이 남들에게 이익을 주기 때문만은 아닙니다. 그것이 보다 중요한 첫 번째 이유는 남들에게 이익이 주어지기 이전에 자기 자신부터 이롭게 한다는 데 있습니다.

이미 말씀 드린 것처럼 자비심을 가진 사람은 자기 자신을 불쌍하게 여깁니다. 그리고 자신을 불쌍하게 여기는 마음은 자기 자신의 '에고'를 약화시킵니다. 그 다음, 에고의 약화는 집착의 약화, 욕망의 약화, 긴장의 약화를 유발하고, 이 자아의 약화로부터 남을 향한 동정이 생겨납니다.

이런 흐름을 통해 우리는 자비심을 일으키는 동안 거친 세파를 뚫고 나오는 동안 얼어붙었던 나 자신의 마음에 봄 햇살을 보낼 수 있습니다. 그리하여 내 마음의 긴장·경직·탐욕·집착이 조금씩 조금씩 녹아내리게 됩니다. 이 '해빙(얼음이 풀림)'의 다른 이름이 마음의 여유로움·마음의 한가함·마음의 부드러움입니다. 그리고 여유·한가함·부드러움을 가진 마음은 평화롭고 행복합니다.

이 과정은 꽃의 향기로써 보다 더 잘 비유할 수 있습니다.

꽃은 향기를 만들고, 향기는 벌 나비와 사람에게 이익을 줍니다. 그렇지만 다시 생각해보면 꽃의 향기는 벌 나비와 사람에 앞서 꽃 자신에게 먼저 이익을 베풉니다. 벌 나비, 즉 남들이 이익을 보는 것은 꽃 자신이 이익을 보고 난 다음의 이야기라는 것입니다.

이처럼 자비와 사랑의 마음은 우리를 행복하게 해줍니다. 그리고 그 행복은 자연스레 주변으로 퍼져나갑니다. 나의 행복이 너의 행복을 낳습니다. 첫 번째 행복이 두 번째 행복을 유발하고, 두 번째 행복이 세 번째 행복을 유발합니다. 바꿔 말하여, 행복한 사람은 자기 옆에 있는 사람을 행복하게 합니다.

웃는 사람, 기쁜 사람, 행복한 사람은 이런 식으로 남들에게 이익을 베풉니다. 따라서 그는 선행을 하지 않는 순간에도 선행을 하고 있는 거나 마찬가지입니다. 그가 웃고 있고, 기뻐하고 있고, 행복해하고 있는 그 자체만으로도 충분히 남들을 이익되게 한다는 의미입니다. 그러니 이런 식으로 마음이 행복해져 가는 아내를 옆에 둔 제가 작년에 매우 행복했으리라는 것은 다시 말할 필요가 없을 것입니다.

예술에서 얻은 행복

그리하여 저와 아내는 행복의 길을 함께 걸어가는 친구(도반)가 되었습니다. 작가 생텍쥐페리는 "사랑은 마주 보는 것이 아니라 함께 같은 방향을 바라보는 것"이라고 말했습니다만, 저희는 그런 부부가 되었습니다. 저희는 마주 보는 관점에서는 부부였고, 같은 방향을 바라보는 관점에서는 영혼의 벗(soul mate)입니다.

나아가, 아내는 저의 '제자'이기도 합니다. 처음 우리는 강의하는 사람과 강의를 듣는 사람으로 만났습니다. 그 때문에 저는 아내와 연애를 하는 여섯 달 동안 '선생님'이라는 호칭을 들었습니다. 그로부터 이십육 년, 저는 다른 의미에서 아내의 '선생님'이 되었습니다.

그러니 저와 아내의 사이가 좋았을 것은 재론의 여지가 없다 하겠습니다. 사실, 비단 작년이 아니더라도 저와 아내는 거의 다투지 않는 편입니다. 연애 시절까지 합쳐 이십육 년, 저와 아내가 목소리를 높인 경우는 적어도 처음 십 년 동안은 한 차례도 없었습니다. 십년 동안 한 번도 부부 싸움을 하지 않는, 부부 싸움은커녕 목소리를 높인 적도 없는 부부. 이처럼 저희는 평온한 부부 관계를 유지해왔습니다.

이런 무던한 부부로서, 저와 아내는 '드라이브'를 즐깁니다. 저희는 시간이 날 때면, 또 데이트를 해야겠다 싶은 마음이 들 때면 차를 타고 교외로 나가곤 합니다. 그리고 그 차 속의 데이트는 작년의 경우 더욱 잦아졌습니다.

저희가 드라이브를 하는 곳은 저희가 사는 평택에서 3, 40킬로미터 이내에 있는 인근 지역의 명소들입니다. 저희는 평택·안성 일대의 이곳저곳을 가보곤 합니다. 서해안과 안성의 용설리·금광리 쪽으로 가서 호수를 보기도 하고, '산장 휴게소'에 가서 아이스크림을 먹기도 하고, '운수암'에 들러 약수를 마시기도 하고, '사랑의 교회 수련원'에 가서 차를 마시기도 합니다.

그중에서 저희가 가장 자주 가는 곳은 '미리내 성지'입니다(이곳은 김대

건 신부님을 기리는 장소입니다). 몇 해 전에 저희가 사는 데서 그쪽으로 가는 자동차 전용도로가 생겨서 미리내 성지로 가는 길은 더욱 편해졌습니다. 제 집에서 그곳까지 가는 데는 20분 정도, 거기에서 차를 한 잔 마시고 나서 천천히 돌아오면 약 한 시간 정도가 소요됩니다.

그렇게 드라이브를 하면서 저는 아내와 이런저런 이야기를 나눕니다. 이야기의 소재는 작년의 경우 작은아들에 대한 내용이 많을 수밖에 없었습니다. 고등학교 3학년생인 작은아들이 대학 입시를 앞두고 있었기 때문입니다. 그러나 반드시 아들 이야기만 하는 것은 아닙니다.

어느 때는 이야기를 하지 않고 노래를 부릅니다. 노래 부르기는 주로 저의 몫입니다. 아내는 자기가 노래를 잘 부르지 못한다고 생각합니다. 거기에 더하여 제가 노래 부르기를 워낙이 좋아하기 때문에 제가 노래를 부르는 것인데, 그렇기는 해도 제가 노래를 썩 잘 부르는 것은 아닙니다.

제가 부르는 노래는 가곡이 주를 이룹니다만 딱히 장르에 제한을 두는 것은 아닙니다. 저는 그때그때의 기분에 따라 장르를 바꿔 가며 노래를 부릅니다. 저는 낮은 목소리로, 그러나 아내가 충분히 들을 수 있는 정도의 음 높이로 노래를 부릅니다.

이처럼 차 안에서 노래를 부르는 것은 제 기분이 좋을 때마다 늘 나오는 버릇입니다. 저는 아들을 차에 태우고 있을 때나 친분 있는 분들을 태우고 있을 때에도 노래를 부를 때가 있습니다. 그러니 제가 혼자서 노래를 흥얼거릴 때가 많으리라는 것은 충분히 짐작이 될 것입니다.

다행한 것은 아내가 저의 노래를 매우 좋아한다는 점입니다. 아내는 저와 드라이브를 하면서 저의 노래를 들을 때 매우 행복하다고 합니다. 아내는 차 안에서 제 노래를 듣는 것을 좋아하고, 더불어 저와 드라이브하는 것을 좋아합니다.

아내에게 그렇게 좋은 드라이브 데이트를, 저희는 작년에 일주일에 한두 번, 어느 때는 네댓 번씩이나 즐겼습니다. 그 데이트는 저를, 그리고 아내를 행복하게 해주었습니다.

작년은 저희의 결혼 25주년이었습니다. 그러나 저는 아내에게 은혼식다운 무슨 보답도 해주지 못했습니다. 하와이에라도 다녀왔으면 싶었지만 건강도 건강이려니와 경제적으로도 그럴 여유가 없었습니다.

그래서 저희는 결혼기념일을 전후하여 충남 대천 앞바다에 갔습니다. 그동안 아내의 건강이 안 좋아서, 거기에 저까지 건강이 안 좋아서 저희 부부는 불과 두 시간이면 갈 수 있는 이 바닷가에조차 갈 수 없었는데, 이제는 그 정도는 되겠다 싶어져서 간 결혼 기념 여행이었습니다.

평일, 사람의 발길이 드문 아침나절이었습니다. 저희는 한적한 모래 언덕 나무 밑에 앉았습니다. 공기는 서늘하고, 눈앞에 푸른 바다가 출렁거리고 있었습니다. 그리고 저는…… 아내를 위해 선물을, 노래 선물을 바쳤습니다. 제가 아내에게 불러준 노래는 멕시코 민요인 〈제비〉였습니다.

정답던 얘기 가슴에 가득하고

푸르른 저 별빛도 아름다워라.

사랑했기에 멀리 떠난 님은

그 모습 언제나 꿈속에 있네…….

아내는 제 노래에 감동하였습니다. 그러나 아내보다 오히려 제가 더 감동했는지도 모르겠습니다. 음악이란(예술이란) 그 향수자와 마찬가지로, 또는 향수자보다도 더 그 창조자(연주자)를 행복하게 하는 법인데, 그때의 경우도 그러했던 것입니다.

이것은 음악이 저를 어떻게 행복하게 했는가의 이야기입니다만, 이 음악을 통한 행복은 제가 작년에 문순우 화백을 알게 됨으로써 더욱더 질이 높아졌습니다.

재작년, 안성에 사는 장석주 시인과 오랜만에 다시 만나 교분을 가지게 되었습니다. 문학인으로 등단하던 초기에 만난 장 시인은 저의 시집 《감꽃 마을》에 해설을 써준 적이 있습니다. 그렇지만 멀지 않은 곳에 살면서도 서로 연락이 없었다가 재작년에 다시 인연을 잇게 된 것입니다.

그리고 한 해가 지난 작년의 어느 때, 장 시인은 저에게 문순우 화백을 소개해주었습니다. 문 선생은 안성에서 큰 작업실을 갖고 작업(회화·사진·조소 등)을 하는 한편, 많은 지인들과 어울려 와인을 마시기도 하고, 음악을 즐기기도 하면서 지내고 있었습니다.

특기할 만한 것은 그 분의 작업 공간에 매우 우수한 성능을 가진 오디

오와 아주 훌륭한 영사 시설이 갖춰져 있다는 점이었습니다. 문 선생의 작업실에서는 언제나 장르를 가리지 않는 다양한 음악이 흘러나오고 있었고, 어느 때는 구하기 어려운 영상물이, 주로 음악과 관련된 영상물이 상영되었습니다.

어느 날 저는 문 선생의 작업실에서 안드레아 보첼리의 공연 영상을 감상할 기회가 있었습니다. 이탈리아의 이 유명한 가수를 저는 그때까지 모르고 있었습니다. 그 날 보첼리는 저를 아주 매혹시켰습니다. 너무나 감동한 나머지, 저는 얼마 뒤에 제 가족을 포함하여 일곱 명의 팀을 구성하여 다시 문 선생 댁으로 가서 보첼리의 노래를 감상하였습니다.

그 뒤부터 저는 자주 문 선생 댁을 방문하였습니다. 자연스레 문 선생의 부인과도 교분을 갖게 되었고, 문 선생의 여러 지인들과도 사귀게 되었습니다. 나중에 문 선생의 부인은 저에게 명상을 배우게 되었고, 저의 영상 제작을 여러 모로 도와주셨습니다. 또한 저희는 함께 중세 스페인의 탁월한 가톨릭 명상가인 아빌라의 테레사에 관한 전기를 돌려 가며 읽었습니다.

문 선생과의 교유를 통하여 저는 미술에 대한 관심과 더불어 음악에 대한 관심을 더 깊게 할 수 있었습니다. 또한 저는 4년 전부터 생각해오던, 강의와 공연을 묶는 프로젝트에 대해서도 좀 더 세밀한 연구를 하게 되었습니다. 한마디로 말해서 문 선생은 저에게 예술적 감흥을 고양시키는 기폭제로서 다가왔습니다.

그같은 정황은 '내적 평화'를 추구해온 저의 심리 공간에 '예술적 아름다움'이라는 또다른 색조를 부여하였습니다. 그리고 이 둘은 서로 어우러져 '행복'을 만들고, 성장시켰습니다. 저는 그 행복을 '아내라는 이름의 친구'와 공유하였습니다.

두 아들로부터의 행복

저를 행복하게 한, 빼놓을 수 없는 또다른 중요한 요소는 저의 '두 아들'입니다.

저에게는 이번에 제대를 한 아들 말고도 또 하나의 아들, 즉 작은아들이 있습니다. 그리고 이 두 아들은 지금까지, 특히 작년에 저를 아주 행복하게 해주었습니다.

저는 자녀 교육에 큰 관심을 갖고 있습니다. 저의 자녀 교육 이야기를 들은 어느 출판사에서 그에 관한 책을 써달라는 부탁을 받은 적이 있을 정도로 저는 아들 교육에 심혈을 기울여왔습니다. 앞에서 저는 글을 쓰지 않는 9, 10개월 동안 책을 읽거나 사색을 했다고 말했지만, 이 점에서 보자면 그 기간에 저는 아들들을 지도하고 있었다고 말해도 되겠다 싶을 정도입니다.

아니, 그 이상입니다. 저는 일 년 열두 달 내내 아들들을 지도해왔습니다. 그 지도의 핵심은 "사람은 어떻게 하면 행복해질 수 있는가?"였고,

그 행복을 달성하는 길은 '물 퍼오기'와 '컵 줄이기'라는 '두 길'로 압축
됩니다.

전자는 사회적 경쟁 환경에서 남들을 앞섬으로써, 즉 '우물가'에 나가
'물'을 퍼옴으로써 얻어지고, 후자는 자신의 내면에 침잠하여 마음을 다
스림으로써, 즉 욕심을 버리고 소욕지족에 도달함으로써 이루어집니다,
이 두 길을 중심으로 저는 전자에서 성공하려면 어떻게 해야 하는지에 대
해, 후자에서 인격을 함양하려면 어떻게 해야 하는지에 대해 아들들을 지
도해왔습니다.

큰아들의 경우, 뉴질랜드에서 고등학교와 대학교 과정을 거치는 동안
저와 아들은 일주일에 두 차례씩 정기적으로 전화를 통한 대화를 나누었
습니다. 우리가 나눈 대화의 내용은 행복이라는 목표와 그에 따르는 방법
의 문제, '컵 줄이기'와 '물 퍼오기', 외국 생활에서 아들이 느끼게 되는 고
독―고독의 원인과 그 철학학적인 의미, 고독에 대처하는 방법 등에 관
한 것이 주로 많이 다루어졌습니다.

그와 더불어 한국인(동북아시아인)과 서구인들의 사고방식에 대한 차이
(상이)에 대해서도 많은 토론이 있었습니다. 대체로는 2, 30분, 길면 한 시
간 이상 계속되는 이 전화를 통한 대화(토론, 상담)는 아들의 인성에 결정
적인 영향을 끼쳤습니다. 마침내 아들은 "저의 마인드는 아빠와 95퍼센트
가 같아요"라고 말하기에 이르렀습니다.

그렇다고 해도 저는 아들이 저에게 '세뇌'되기를 원하지는 않았습니다.

저는 열린 마음을 가져야 한다는 것을 늘 강조했고, 저 또한 그런 마음을 가지려고 애썼습니다. 대학생인 아들에게는 실천이나 인격의 뒷받침이 없는, 단지 말뿐인 교훈은 전혀 먹히지 않는 법이기 때문입니다.

대화는 아버지의 잘못된 생각이나 행동이 지적되면 곧바로 그것이 인정되고 받아들여지는 것을 전제로 행해졌습니다. 그리고 그런 열린 대화는 저의 발전에도 큰 도움을 주었습니다. 저는 한편으로는 아들을 지도하는 멘토였지만 다른 한편으로는 아들로부터 충고를 듣는 멘티이기도 하였던 것입니다.

이에 대해 저는 오래전부터 아랫사람으로부터 배우기를 부끄러워하지 않기로, 제 잘못을 지적당하면 그것이 옳다고 여겨질 경우 곧바로 받아들이기로 정해두고 있습니다. 이것은 제가 늘 마음에 모시고 있는 스승인 공자님으로부터의 영향일 수도 있고, 젊은 한때 '무지의 지'라는 중대한 가르침을 베풀어준 소크라테스로부터의 배움 때문일 수도 있습니다.

큰아들이 초등학교 5학년 때쯤의 일입니다. 저는 어느 때 아들에게 큰 실수를 하였습니다. 잠시 흥분했다가 곧 제 실수를 깨달은 저는 곧 아들에게 정식으로 사과하였습니다. 아들은 울고 있었습니다. 그러나 저의 진심 어린 사과를 받아들이면서 "괜찮아요, 아빠."라고 말해주었습니다.

훗날 아들은 "그때 아빠가 저에게 사과하시는 것을 보고 큰 충격을 받았어요."라고 말했습니다. 아마도 그때의 일이 마음에 깊이 새겨졌던 모양입니다. 그리고 다시 세월이 흐른 뒤의 어느 때 그와 비슷한 상황에서 큰아들이 저와 동일한 행동을 하는 것을 보았습니다.

대학교 1학년생으로서, 방학을 맞아 큰아들이 돌아와 있을 때의 일입니다. 어느 때 작은아들이 큰아들에게 말하는 것이었습니다.

"형이 집에 오면 내가 반가워해야 한다는 것은 알고 있어. 그렇지만 내 감정은 그렇지 못해. 내 이성은 그래야 한다고 말하지만 내 감정은 그에 따라주지 않아. 난 형이 집에 돌아오는 게 별로 즐겁지 않아."

이렇게 말하는 중학교 3학년생의 표정은 비장하였습니다. 작은아들은, 나도 이제는 형에게 충고의 말을 할 수 있다고, 또는 형의 권위에 도전할 만한 나이가 되었다고 생각하는 듯하였습니다.

작은아들이 말을 이었습니다.

"어렸을 때, 형이 장난감을 혼자서만 갖고 놀았어. 나는 재미없는 것만 갖고 놀아야 했단 말이야. 그때 내가 얼마나 마음이 아팠는지 알아? 그래서 나는 지금도 형이 좋아지지가 않아. 지금의 형이 좋은 사람이라는 건 알고 있어. 형은 똑똑하고, 밝고, 올바르고, 친절해. 그렇지만 내게는 전에 가졌던 형에 대한 부정적인 마음이 잘 없어지지 않아."

저는 긴장하였습니다. 이럴 때 큰아들이 화라도 낸다면 형제간의 우애에 큰 금이 갈 게 분명했기 때문입니다.

우리 부부는 큰아들을 바라보았습니다. 그런데 예상 외로 큰아들의 표정은 담담했습니다. 큰아들은 말을 듣는 즉시 그것을 명쾌하게 정리했는데, 그 정리는 '자기의 잘못에 대한 흔쾌한 인정, 사과'로 귀결되었습니다.

"네 말 그대로야. 그땐 내가 너무 했지."

큰아들은 순순히 아우의 비판을 인정하였습니다. 그런 다음 진심을 담아 말했습니다. "그땐 내가 잘못했어. 지금이라도 용서를 해주면 고맙겠다."

우리 부부의 놀랐던 마음은 가라앉았습니다. 파도는 일어나자마자 잦아들었고, 저는 두 아들에게 이런 경우 유념해야 할 몇 가지 요점을 짚어 주었습니다.

그 뒤부터 작은아들의 형에 대한 태도는 변했습니다.

생각해보면, 그때까지 작은아들은 형에 대해 이중적인 인식을 갖고 있었습니다. 한편으로 보면 예전의 형이 좋아지지 않지만, 다른 한편으로 보면 형이 잘나고 똑똑해 보였던 것입니다.

그러다가 그때의 화해에 의해 좋지 않던 감정이 사라지고 나자, 이제는 형의 잘나고 똑똑해 보이는 것만 남게 되었습니다. 이런 식으로 감정의 앙금 때문에 다 보지 못하고 있던 형의 지금의 모습—있는 그대로의 지금의 모습을 보게 된 작은아들이 어느 때 저에게 말하였습니다.

"형은 제 이상형이에요."

그리고 재작년, 대학 입시를 위한 서류에 가족에 대한 의견을 적는 과정에서 작은아들은 형에 대해 '존경'이라는 단어를 사용하고 있었습니다. 작은아들은 그 서류에 "저는 부모님과 형을 존경합니다."라고 적었던 것입니다.

물론 그 존경은 으레 존경하게 마련인 부모라는 대상에 덧붙여져 따라온 것이기 때문에 전적인 존경과는 다른 것이라고 볼 수 있습니다. 그러나 적어도 작은아들이 큰아들을 '존중'하는 것만은 분명하다고 하겠고, 저는 그것으로 충분하다고 생각합니다.

큰아들이 작은아들로부터 '존중(존경)'받는다는 사실, 그리고 그 존중은 큰아들이 작은아들을 그 이상으로 존중(존경)했기 때문이라는 데 생각이 미치자, 저는 이런 형제를 아들들로 가진 부모로서의 저 자신이 너무나 행복한 사람이라는 생각을 아니할 수 없었습니다.

그리고 다시 생각해보면, 그것은 제가(저희 부부가) 두 아들을 존중해준 것으로부터의 자연스러운 결과였습니다. 그리고 다른 한편으로는 큰아들이 저로부터 겸허한 자세에 관한 멘토링을 잘 받아들이고 체화한 때문이기도 하였습니다.

저의 멘토링은 작은아들에게도 큰아들과 거의 동일하게 베풀어졌습니다.

큰아들과는 달리 작은아들은 한국에서 소년 시절을 보냈습니다. 그러다 보니 큰아들보다 더 많은 대화를 나누었으리라고 생각하는 분들이 많겠지만, 이 경우 또한 세상사는 그처럼 단순한 것이 아닙니다.

작은아들과는 대화의 면에서 볼 때 가까이 있다 보니 오히려 장점보다는 단점이 더 두드러지는 관계가 되었습니다. 작은아들이 고독감을 느낄 겨를이 없는(적은) 환경에 있었다는 것이 문제였습니다.

고독감을 느끼지 않으면 마음을 다스릴 필요성이라든가 정신·마음·영혼에 대한 관심이 적어지게 마련입니다. 따라서 그런 것들에 대한 내용을 중심으로 하는 저의 멘토링이 작은아들에게 침투할 여지는 상대적으로 큰아들에 비해 적었습니다.

한국에서의 고등학교 과정은 학생에게 엄청난 부담을 강요합니다. 오후 네 시경에 정규 공부가 끝난다는 점에서는 큰아들과 작은아들이 같았지만 그 이후가 달랐습니다. 큰아들은 그 이후 현지 친구들과 어울려 음악 동아리를 만들어 보컬로 활동했지만, 작은아들은 그때부터 또다시 공부가 시작되는 생활을 해야 했습니다.

이런 점에서 작은아들은 큰아들과는 또다른 정신적 문제와 마주쳤고, 시간이 지나면서 저의 멘토링이 작은아들에게 침투해 들어갈 여지가 확대되었습니다. 조금씩 조금씩 작은아들은 저를 멘토로 받아들여 갔습니다. 그리고 마침내 저는 큰아들에게 했던 말을 작은아들에게도 똑같이 할 수 있었습니다.

"이제부터 우린 평생 친구로 지내는 거야, 알았지?"

두 아들의 다른 점은 이 말에 큰아들이 "네. 그럼요!"라고 자랑을 섞어 대답한데 비해 작은아들은 다만 고개를 끄덕였다는 점뿐입니다. 이것은 큰아들이 자기표현이 풍부한데 비해 작은아들은 말수가 적고 과묵하다는 차이에서 생긴 것입니다.

이렇게 하여 저는 두 아들을 친구로 얻었습니다. 그 점에서 저는 다시 세상에서 드문 행복한 사람입니다. 왜냐하면 "세상을 살아가는 동안 한 명의 진정한 친구만 얻을 수 있어도 행복한 사람"이라는 격언이 있기 때문입니다. 그런데 그 친구를, 그냥 친구도 아니고 아들을 겸한 친구, 제자를 겸한 친구를 두 사람이나 얻었으니, 거기에 더하여 아내까지도 친구이자 제자를 겸하고 있으니 저는 얼마나 행복한 사람입니까.

저는 진정한 친구를 '나의 속내를 알아주는 사람(知己)', 또는 '나의 슬픔과 기쁨에 진심으로 공감해주는 사람(隨喜, 同喜)'이라고 생각합니다. 그런 점에서 저의 두 아들은 세상에서 저를 가장 잘 아는 사람들입니다. 물론 저의 아내는 두 아들과 더불어 세상에서 저를 가장 잘 알고, 저를 가장 잘 이해하며, 제 슬픔과 기쁨에 가장 깊이 공감해주는 사람이니, 저는 세 명의 훌륭한 친구·지기·동희를 가진 사람인 것입니다.

그리고 마침내 우리나라 학부모가 가장 중요시하는 대학 입시의 계절이 왔습니다. 다행히도 작은아들은 수능 시험에서 우수한 성적을 거두었습니다. 60만 명가량의 수험생 중에서 0.5퍼센트 정도에 해당되는 성적을 거둔 것입니다.

비록 평소의 실력이 그대로 수치화된 것이었다고는 해도, 또 사회에서 우수한 성적을 거두는 것(물 퍼오기)보다 더 중요한 것은 옳고 바르고 당당하고 정직하고 성실한 마음가짐(컵 줄이기)이라고 누누이 강조해온 아버지인 저라고는 해도, 그 성적은 저에게 매우 기쁜 것이었습니다. 저는 그로부터 몇 달 동안 작은아들의 학업 성취를 음미하며 행복할 수 있었습니다.

그 성적을 기반으로 작은아들은 자기가 원하는 대학교, 원하는 학과에 입학하였습니다. 그리고 시간이 지날수록 성격이 밝아지고, 과묵한 성격 때문에 걱정이 되던 교우 관계도 개선이 되어 갔습니다. 얼마 전부터는 대학 오케스트라 단원이 되어 오보에를 공부하기 시작했습니다. 음악은 저의 경우와 마찬가지로 아들의 인성에 행복을 이루는 한 원천이 될 것입니다.

윤리의 황금률

한편, 저의 큰아들은 재작년에 외국어 시험을 거쳐서 들어가게 되는 특기병으로서 서울 한복판에서 군 생활을 시작했습니다. 그리고 작년에는 자기의 부대 안에서 단 한 명만을 뽑는 삼중의 선발 과정을 거쳐 부대 총사령관을 가장 가까운 데서 모실 기회를 얻었습니다.

별을 넷이나 단 군인 최고 직위의 장군을 몇 미터 거리에서, 그것도 수시로 자주 접한다는 것이 육군 일등병에게 어떤 느낌일지는 군 생활을 해보지 못한 분들에게는 상상이 잘 되지 않을 것입니다. 바꿔 말하여 저의 큰아들은 군 생활을 통해 남다른 특별한 체험을 풍부하게 할 수 있었습니다.

어느 때 아들은 고위 장성들의 부부가 모인 연회에서 한미 연합사령부

총사령관인 벨 장군의 부인을 가까이에서 접할 기회를 얻었습니다. 그때 아들은 벨 부인이 보여준, 남을 배려하는 우아한 태도에 감동했던가 봅니다(이에 대해서 자세히 말할 수도 있지만, 그러면 글이 너무 길어질 것 같아서 생략하겠습니다).

며칠 뒤에 휴가를 얻어 집에 온 아들은 그때의 경험을 제게 말하고나서 "그런 부인을 가진 군인이 대장이 되지 않을 수는 없을 거예요." 하더니, "저도 그런 아내를 가질 수 있을까요?" 하고 물었습니다.

"좋은 과일이 있는 곳에는 반드시 길이 생기는 법이야." 하고 제가 말했습니다. "다만 나는 그 분의 매너 있는 행동 자체보다는, 매너의 배경에 있는 그 분의 마인드에 유념하고 싶구나. 결국 그 마인드는 남의 고통을 함께 아파하는 마음이라고 할 수 있겠지."

그런 다음 저희는 저희 부자가 열 차례 이상 토론한 스티븐 코비의 책 《성공하는 사람들의 일곱 가지 법칙》에 나오는 '성격적 접근'과 '성품적 접근'에 대해 재토론 겸 재정리를 해보았습니다. 결국 저희의 대화는 사람에게 있어서 남들의 고통(어려움)에 공감한다는 것이 어떤 의미를 가진 것인지에 대한 것으로 확장되었습니다.

그로부터 얼마 뒤의 일입니다.

저는 승용차의 옆자리에 큰아들을, 뒷자리에 아내를 태우고 고속도를 빠져나오고 있었습니다. 톨게이트 여직원이 계산을 마치고 요금 카드를 돌려주며 "좋은 하루 되십시오." 하고 인사를 했습니다.

이런 경우 저는 대답을 해주는 경우가 드뭅니다. 그냥 고개만 끄덕, 하고 마는 편인데, 그 날 내 옆자리에서 아들이 말하는 것이었습니다.

"감사합니다!"

아들은 그냥 그 말만 한 게 아니었습니다. 아들은 상대방이 들을 수 있도록 목소리를 한 톤 높여서, 상대방이 기분이 좋아지도록 목소리의 분위를 한껏 띄워서, 그것도 모자랐던지 조수석에서 몸을 반쯤 일으켜 왼쪽으로 여직원 쪽을 쳐다보면서 말했던 것입니다.

"우리 아들, 참 특별하기도 하지."

저는 칭찬의 의미로 이렇게 말해주었습니다. 그러자 아들이 대답했습니다.

"얼마나 힘드시겠어요?"

여기에서 저는 제 아들이 한 말─주의를 기울이지 않을 경우 쉽게 흘려 넘겨 버릴 수도 있는 "(저 분은) 얼마나 힘들겠어요?"라는 말이 갖는 의미를 곰곰 짚어보고 싶습니다.

생각해보면 거기엔 놀라운 의미가 담겨 있습니다. 이 이야기는 제 아들이 잘났다고 말하기 위해서 하는 것이 아닙니다. 저는 제가 겪었던 실제 사실로부터 이야기를 시작하고 싶은 것뿐입니다. 그래야만 읽는 분들에게 강력하게 호소하는 힘이 있을 것이기 때문입니다.

사실 제가 아니라도 누구든 이런, 또는 이와 유사한 의미심장한 일을 겪을 수 있습니다. 그때 여러분 앞에서 의미심장한 말이나 행동을 한 사람은 여러분의 자녀일 수도 있고, 부모일 수도 있을 것입니다. 바꿔 말하여 저는 지금 "우리가 가끔 겪게 되는 일들 중에 숨어 있는 의미심장함" 중에서 한 가지를 들어 말하고 있습니다.

그 최대치로서 본다면, 제 아들이 한 말 "얼마나 힘들겠어요?"에는 인류의 가장 고귀한 정신이 담겨 있습니다. 이 말은 윤리의 황금률, 바로 그것의 다른 표현이기 때문입니다.

서양 사람들은 "너희가 남에게 대접받고자 하는 대로 너희 또한 남을 대접하라."라는 예수님의 말씀을 '황금률(the gold rule)'이라고 부릅니다. 그러나 이런 가르침이 비단 예수님만의 것은 아닙니다. 동서고금의 모든 위대한 영적 스승들은 한결같이 이 진리를 설파하였습니다.

예를 들어 공자님은 "네가 하고 싶지 않은 일을 남에게 시키지 말라."라고 말씀하셨습니다. 이스라엘의 랍비 힐렐도 말했습니다. "우리 조상들이 받들어온 율법서를 단 한 줄로 요약하면, '네가 하고 싶지 않은 일을 남에게 시키지 말라.'이다." 부처님 또한 말씀하셨습니다. "사람은 누구나 자기 자신을 가장 사랑한다. 따라서 사람은 남 또한 그 자신을 가장 사랑한다는 것을 알고 행동해야 한다."

요컨대 황금률은 '감정이입'의 문제입니다. 저는 나치 전범들의 재판을 다룬 영화《뉘른베르크의 재판》에서 한 주인공이 "악이란 감정이입의 부재"라고 말하는 것을 본(들은) 적이 있습니다. 우리는 이 말을 "선이란 감정이입 바로 그것"으로 번안할 수 있는데, 동서고금의 모든 철인들 또한 이런 의미의 말씀들을 남겼습니다.

얼마 전에 일곱 명의 목숨을 앗은 강호순의 사건이 나면서 사이코패스(psychopath)라는 말이 널리 쓰이게 되었는데, 사이코패스는 감정이입이 전혀 되지 않는 정신적 장애를 가리키는 심리학 전문용어입니다. 남의 고통이 나에게 전혀 이해되지 않거나, 남의 고통을 보면서 조금의 동정심도 일어나지 않는 마음. 이 차가운 사이코패스의 마음은 뱀의 마음일지언정 사람의 마음일 수 없습니다.

좀 거창해진 감은 있지만, 어쨌든 제 큰아들이 한 말 "얼마나 힘들겠어요?"에는 이런 종교 철학적인 심원한 배경이 있습니다. 그런 의미에서 저는 2007년 서해안의 태안 기름 유출 사고 때 우리 국민 백만 명이 청소 봉사를 했다는 사실을 우리나라 국민으로서 매우 자랑스럽게 생각합니다. 그것은 깊은 수준의 감정이입이 없이는 될 수 없는 일이기 때문입니다.

지금이 바로 약속한 그때에요

감정이입과 관련된 이야기를 두 가지만 더 해보겠습니다.

큰아들이 아르바이트를 하던 때의 일입니다. 한 아이가 할아버지와 함께 아이스크림을 먹으러 큰아들이 일하는 가게에 왔습니다. 손자의 손에 쥐어진 꼬깃꼬깃한 돈은 이것이 손자에게 매우 드문 기회임을 말해주었습니다.

아이는 이 소중한 기회를 살리기 위해 여러 가지 아이스크림 중 하나를 고르느라고 이삼 분가량 시간을 썼습니다. 그런데도 결심이 서지 않아 망설이고 있었는데, 그런 손자의 행동은 성미 급한 할아버지의 마음에 들지 않았습니다. 그래서 할아버지는 아이에게 상품을 빨리 고르지 않는다고 짜증을 냈고, 그 때문에 아이의 행복한 기분은 깨어져 버리고 말았습니다.

감정이입이 안 되는 할아버지. 그 할아버지는 손자에게 아이스크림을 사 주는 일이 실제로는 어떤 일인지를 알지 못하고 있었습니다.

그 경우 아이스크림은 손자의 행복을 위한 수단이지 그 자체가 목적은 아닙니다. 손자의 목적은 행복, 또는 만족이라는 의미입니다. "아이스크림만 사줬으면 됐지!"가 아니라, "아이스크림을 사준다고 해도 행복이 파괴된다면 도대체 해준 것이 무엇인가?"인 것입니다.

아들은 그 장면을 보고 하루 종일 마음이 아팠다고 말했습니다. 그러면서 나중에 큰돈을 벌면 그런 아이들을 행복하게 해주고 싶노라고, 단지 나만 행복하기 위해 돈을 벌면 무슨 의미가 있느냐고 말했습니다.

"가치를 추구하는 사람이 되라."라는 저의 가르침을 잊지 않고 있는 게 분명한 아들은, 보다 많은 이들을 행복하게 해주기 위해서라도(물론 거기에는 자신의 행복 추구가 반드시, 그리고 우선적으로 전제됩니다만) 나중에 큰돈을 벌어야겠다는 이왕에 갖고 있던 결심을 이 일을 통해 더욱 강화하였습니다.

또 한 가지 사례도 바로 그 무렵에 있었던 일입니다.

저는 어느 날 갑자기 정신을 잃고 쓰러졌습니다. 그 때문에 하루 종일 거실에서 이불을 펴고 누워 지냈습니다. 그런데 그 날 밤, 큰아들이 밤 한 시쯤 집에 돌아왔습니다. 늦게까지 아르바이트를 하고 한 시간 반 정도 열차를 타고 집에 돌아온 것입니다.

아들은 아내의 차를 타고 역에서 집까지 오는 동안 제가 쓰러졌다는 걸 안 모양이었습니다. 들어오자마자 아들은 나에게 달려와 저를 안고 울기 시작했습니다. 그러면서 말했습니다.

"아빠, 쓰러지시면 어떻게 해요?"

지금, 이 글을 쓰는 동안에도 제 눈에 눈물이 고입니다. 그러니, 당시의 제가 어떻게 눈물을 흘리지 않을 수 있었겠습니까.

한 남자로서, 한 아버지로서, 한 가장으로서, 한 작가로서, 나아가 사람은 마땅히 영혼의 순결과 고귀한 가치를 지향해야 한다는 신념을 가진 한 인간으로서 살아온, 그러나 때로는 건강에, 때로는 경제에, 때로는 인간관계에 마음을 다치곤 했던 일들이 내 감정을 휘몰아쳐 왔습니다.

그러나 저는 되뇌었습니다.

"오늘 밤에도 별은 바람에 스치운다.", "그러나 별을 노래하는 마음으로 모든 죽어가는 것들을 사랑해야지."

우리 세 식구는 서로 얼싸안고 울었습니다. 잠을 자고 있던 작은아들이 놀라서 깨어 일어났습니다. 이번에는 네 식구가 함께 울었습니다. 아들들 앞에서 제가 운 것은 그때가 처음이자 마지막이었습니다.

그때 큰아들은 울면서 말했습니다.

"오 년만 기다려주세요. 그때부터 아빠 은퇴를 하고 쉬게 해드릴게요. 딱, 오 년만 기다려주세요!"

그리고…….

어제 전역을 하던 날.

저녁 식사 자리에서 아들이 말했습니다.

"지금이 바로 그 '오 년 후'예요. 저는 열심히 일할 거예요(아들은 이미 직장을 잡아놓은 상태였습니다). 이제 가정 경제는 걱정 안 하셔도 돼요. 아빠는 경제와는 상관없이 아빠가 꼭 하고 싶으신 일을, 아빠가 꼭 하셔야 될 일을 하세요."

아들은 제가 꼭 하고 싶은 일이 무엇인지 알고 있습니다. 그것은 저의 에고를 약화시키는 데 힘쓰는 것(명상), 그럼으로써 마음이 따뜻해지고, 그 '따뜻한 마음'으로부터 영적인 '향기'를 품게 되는 것, 그런 다음 그 향기를 널리 퍼뜨림으로써 많은 사람들이 행복한 삶을 살아갈 수 있도록 돕는 것입니다.

제가 큰아들이 하는 말의 의미를 음미하고 있는 동안 저의 아내가 저와 아들을 흐뭇한 표정으로 바라보고 있었습니다.